Über dieses Buch

Tonia, die Amsterdamer Journalistin, wird von ihrer progressiven Frauenzeitschrift nach London geschickt, um den Star einer Fernsehserie zu interviewen. Noch bevor sie dazu kommt, ist der Star tot, ermordet, wahrscheinlich durch die arabischen Gäste des Hotels. Aber warum? Mutig stürzt sich Tonia in den Fall, und es gelingt ihr, ihn zu lösen.

Über die Autorin

Martine Carton ist 1944 in Amersfoort, Niederlande, geboren. Sie engagierte sich bei der in Amsterdam entstandenen ›Dolle-Mina‹-Bewegung und schrieb als Mitredakteurin der Zeitschrift dieser Gruppe ihre ersten Texte. Ihre erste Buchveröffentlichung ›Het groene boekje voor meisjes‹, ein Aufklärungsbuch für Mädchen, wurde ein Riesenerfolg (erschienen unter dem Titel ›Mädchenfragen‹ in der Reihe Fischer BOOT, Nr. 7529). Bedingt durch ihre Mitarbeit an einer mondänen Frauenzeitschrift erfand Martine Carton eine Romanperson, Tonia van Dijk, die in bis jetzt fünf Romanen die neue Frau dieser Zeit kritisch und humorvoll betrachtet und nebenbei in jedem Roman einen Mordfall aufklärt. ›Medusa und Die grünen Witwen‹ (Fischer Taschenbuch Nr. 8023) und ›Nofretete und Die Reisenden einer Kreuzfahrt‹ (Fischer Taschenbuch Nr. 8038) sind in diesem Programm erschienen.

Martine Carton

Victoria und die Ölscheiche

Kriminalroman

Aus dem Niederländischen
von Tina Huber-Hönck und Josh van Soer

Fischer Taschenbuch Verlag

Originaltitel: Victoria en de oliesjeiks

Deutsche Erstausgabe
Fischer Taschenbuch Verlag
Juni 1983
Umschlaggestaltung: Rambow, Lienemeyer, van de Sand
Umschlagfoto: Gruner + Jahr / Robert Lebeck

Gesamtherstellung: Hanseatische Druckanstalt GmbH, Hamburg
Printed in Germany
680-ISBN-3-596-28067-2

I

In dem Moment, als ich hineinspazierte, wußte ich, daß etwas falsch lief. Nun ja, nicht ich allein. Marianne und ich. Sie hatte offensichtlich damit nicht soviel zu schaffen. Sie sagte: Thank you, als der Doorman, wie so jemand wohl dort genannt wird, die Taxitüre öffnete, und stieg aus, als wäre sie die Königin von Saba persönlich. Mit mir im Kielwasser.

»Tonia, gib dem Mann ein Trinkgeld«, sagte Marianne.

Das ist das Französische an ihr. Ich guckte mich scheu in der Empfangshalle des Hilton um. Um Gottes Willen, roter Plüsch. Der einzige rote Plüsch, mit dem ich jemals in meinem Leben zu tun gehabt hatte, war die Tischdecke meiner Oma, und darauf durften keine Flecken kommen.

Auf Zehenspitzen schlich ich hinter Marianne her, einen ängstlichen Blick zurückwerfend, ob ich auch keine Hundekacke an den Schuhen hatte. Man weiß ja nie.

»C'est fabuleux«, sagte Marianne anerkennend.

Daraus schloß ich, daß sie auf ihre Art auch etwas aufgeregt war. Nur in Momenten, in denen sie sich irgendwie unsicher fühlte, fiel sie in ihr Französisch zurück. Sonst spricht sie ausgezeichnet Niederländisch.

Marianne war als Modefotografin in die Niederlande gekommen. Sie tat äußerst geheimnisvoll über das Warum und Wann, und dadurch wußte ich, wer oder was der Grund auch gewesen sein mag – eher wer als was –, daß es auf einen Flop hinausgelaufen war. Denn Marianne äußerte sich in ihrem Leben nie bescheiden bei Sachen, die ihr glückten. Natürlich war sie eine gute Fotografin, denn mit ›olala‹ und ›oui-oui‹ allein schafft man es nicht. Und sie hatte es geschafft. Sie arbeitete nicht nur für »meine« Zeitschrift, sondern auch noch für eine Reihe anderer Blätter. Sie fotografierte Popstars, Filmstars, Fernsehstars und Gott weiß was für Stars noch.

Ich spürte schon, was auf mich zukam, als mich mein Chefredakteur anrief.

»Tonia, kannst du nach London fahren, und zwar jetzt gleich?«

»Morgen«, sagte ich, ein bißchen Opposition schien mir angebracht.
»Morgen ganz früh«, machte mein Chefredakteur den Handel perfekt.
Im Grunde fand ich es natürlich toll, irre toll sogar, denn wer geht nicht gerne auf Kosten seines Arbeitgebers auf Reisen?
»Mit Ferry, Gijybert oder Anna?« fragte ich hoffnungsvoll, obwohl ich die Antwort eigentlich schon wußte.
»Mit Mademoiselle«, sagte Kees.
Nicht, daß ich etwas gegen Marianne habe, wirklich nicht. Man kann manchmal bis zur Besinnungslosigkeit über sie lachen. Meistens im Nachhinein. Aber Marianne ist so ›olala‹, und ich bin emanzipiert, was nicht immer gut zusammenpaßt.
Wir wurden also losgeschickt, um eine Titelstory über Lady Isobel zu machen. Natürlich gibt es sie nicht, sie wurde gespielt. Wir hatten in den Niederlanden gerade mit einer zwölfteiligen Serie von der BBC über Lady Isobel angefangen, und die Chefredaktion hatte sehr pfiffig überlegt, als sie uns, Marianne für das Titelfoto und mich für die Story, losschickte, daß für die Produktion sechs Wochen Zeit nötig waren. Gerade wenn halb Holland dann ganz heiß auf diese Serie ist, würde unser Blatt mit einer herrlichen Geschichte herauskommen. Deshalb diese Eile.
Unser Blatt ist grundsätzlich knickerig bei Spesen, also ging ich davon aus, daß es wirklich eine eilige Sache war, wenn sie Marianne und mich ins Hilton steckten. Ein Dreisterne-Hotel hätte ich schon luxeriös gefunden, denn mein Ehemann Frank und ich sind alternativ. In den ersten Jahren, als wir zusammen wohnten und verheiratet waren, haben wir leidenschaftlich gern gezeltet, in Wohngemeinschaften gelebt, uns für idealistische Projekte eingesetzt und für die Unterprivilegierten in der Gesellschaft gekämpft. Na ja, trotz unserer Prinzipien verdienten wir doch ausgezeichnet. Frank ist Architekt und sein sozialer Touch steht hoch im Kurs. Er bekommt manchmal Preise und so. Und ich bin die Journalistin, die ihre Finger auf die Schwachpunkte in der Gesetzgebung und Gesellschaft zu legen weiß. Aber gut, wir verdienten dieses Geld, hatten deshalb fast eine ganze Schulklasse Patenkinder in der Dritten Welt und trotzdem wurde es nicht alle. Wir kauften damals, als wir eine Wohnung gemietet hatten, andauernd neue Betten, um die alten an ein Haus für ge-

schlagene Frauen geben zu können. Wir spendeten für alle möglichen guten Zwecke. Und dann – mit Schuldgefühlen – zelteten wir nicht mehr, sondern nahmen ein kleines Hotel, Kategorie sehr bescheiden. Auch wenn mein Gewissen sprach; meine Knochen, die älter wurden, fanden es angenehm. Menschen, die etwas älter sind, dürfen schon etwas weniger sozial werden, beruhigte mich Frank. Und so war mein Gewissen an drittklassige und sogar, wenn wir das nicht finden konnten, an zweitklassige Hotels gewöhnt. Das deckte sich auch mit den Vorstellungen meiner Redaktion, also wurde ich nie weiter auf die Probe gestellt.
Allmächtiger Gott, was für ein Schuppen, dachte ich also, als Marianne beim Einchecken war; und dann besorgt: das darf ich eigentlich nicht toll finden.
»Ich finde es nicht so angenehm, ein Zimmer zu teilen«, sagte Marianne im Fahrstuhl zu mir.
Marianne kann das gut. Sie sagt nichts, sagt aber gleichzeitig ganz viel, vor allem, wenn sie dabei ihre Lippen spitzt.
»Frank sagt, daß ich überhaupt nie schnarche«, ging ich sofort in die Verteidigung.
»Aber ich lege großen Wert auf meine Privatsphäre«, sagte Marianne.
Ich ging an die Decke: Marianne ist richtig schamlos im Vereinnahmen von Privatsphäre. In Paris hatte sie einmal mitten in der Nacht das gemeinsame Hotelzimmer zwei Stunden lang mit einem absolut zweifelhaften Typ blockiert. Ich weiß noch, wie schrecklich ich mich fühlte, als ich mich aus reiner Not auf den Fußboden im Gang setzte. Und ich weiß noch besser, wie schrecklich ich mich fühlte, als ein Zimmer-Service-Kellner mich auf dem Gang weckte, weil er seinen Servier-Wagen nicht an mir vorbeimanövrieren konnte. Ich meine nur, wenn es jemand bedauerte, kein eigenes Zimmer zu haben, müßte ich es wohl sein, fand ich.
Aber ich wollte nicht mehr daran denken, denn ich mag keine nachtragenden Leute. Wer ist denn nicht gespannt auf ein Zimmer in einem Luxushotel? Ich war es und ging dann auch genüßlich über die hochflorige Auslegware. Öffnete aus Spaß die Minibar, nur um mal zu sehen, was darin war. Marianne kann um Ecken sehen, das hatte ich bereits früher gemerkt. Während ich den Fernseher an- und ausschaltete, um zu sehen, ob er funktionierte, rief sie aus dem Badezimmer: »Wo du doch

gerade stehst, für mich einen doppelten Whisky, Black Label, bitte.«

Marianne hatte so eine Art, jede Frau in ihrer Umgebung als persönliches Dienstmädchen zu behandeln, was ich nicht ausstehen kann. Aber was soll's, die Minibar anzuzapfen, war eigentlich nett, warum also nicht? Ich ging ins Bad, um Wasser zu holen und war so erfreut, überall Blümchenkacheln und Spiegel zu sehen, daß ich mich nicht mal darüber ärgerte, daß Marianne die Ablage über den Waschbecken bereits proppevoll mit Gott weiß was für Schönheitsmittel gestellt hatte. Man ist nun einmal Französin oder man ist es nicht, dachte ich besänftigend. Und außerdem, wenn ich ehrlich war, würde für mich ein Plätzchen von zehn mal zehn Zentimeter ausreichen.

»Wie ist die Planung?« fragte Marianne, während sie hübsche Kleider auf Bügel hängte. Wir würden genau drei Nächte in diesem Hotel zusammen verbringen, aber ob sie nun irgendwo für drei Tage oder für drei Wochen hinfuhr, Marianne hatte volle Koffer.

»Morgen früh ein Interview mit Fräulein Victoria Winter«, sagte ich. »Übermorgen ein Fototermin, aber du mußt morgen schon mitkommen, um einen Eindruck von ihr zu bekommen. Freitag ein Gespräch mit dem Regisseur von Lady Isobel, und wenn ich es schaffe, ein Interview mit ihrem Agenten.«

»Heute abend also nichts«, stellte Marianne fest und griff zielstrebig nach einem Prospekt, der auf dem Schreibtisch lag und Auskunft darüber gab, wie sich ein Gast im Hotel erholen kann.

Ich hängte die eine Hose, die ich für besondere Gelegenheiten mitgebracht hatte, in den Schrank und legte meinen guten Mohairpullover auf ein Bord.

»Que nous aurions un soir incroyable«, sagte Marianne, und bei mir begann es zu dämmern, daß Gefahr im Anzug war.

»Drei Bars«, sagte Marianne versessen. »Drei Restaurants, unter denen wir wählen können, einen Coffeeshop, der interessiert uns nicht so, aber dann noch eine Disco für die späteren Stunden.«

Ich kannte diese ›soirs incroyables‹ von Marianne und beschloß sofort, die Handbremse zu ziehen.

»Wir liegen um elf Uhr im Bett«, sagte ich, »denn morgen müssen wir fit sein.«

Ich hatte vergessen, daß französische Frauen immer fit sind. Ob alle, weiß ich nicht, ich kenne nur Marianne. In Berlin war sie einmal erst morgens um acht Uhr ins Hotel spaziert und sah ganz schön kaputt aus. Ich saß währenddessen im Frühstücksraum und stopfte mich aus reiner Nervosität mit einem Bauernfrühstück voll, denn wenn ich nervös bin, muß ich immerzu essen. Laß das, du hast schon einen viel zu dicken Hintern, hatte Marianne gesagt. War danach aufs Zimmer marschiert, tat etwas Geheimnisvolles mit sich, wodurch sie ihr bildschönes Ich wiederherstellte, griff ihre Kameras von der Garderobe und erwies sich an diesem Morgen als die einzige Fotografin der Welt, die Fotos von Hildegard Knef machte, auf denen diese wie zwanzig aussah. Hildegard bestellte sie übrigens noch öfter, und Marianne verdiente üppig dabei.

»Nach dem Essen gehen wir zu Bett«, sagte ich entschlossen, in einem Ton von ›Wer ist hier der Chef‹.

Marianne hat diese gewissen Augen. Wenn sie lacht, werden sie zu sehr schmalen Ritzen, und sie hat auch einen herrlichen Mund. Nicht diesen Schmollmund von BB und auch nicht so einen unzufriedenen wie Jeanne Moreau. Eigentlich war Mariannes Mund mit keinem anderen zu vergleichen. Er gehörte nur zu ihr. Wenn sie lachte, zog sie ihre Oberlippe etwas hoch. In den Mundwinkeln erschienen dann vertikale Linien und man sah ihre Zähne, die schöner waren, als ein Zahnarzt sie hätte erfinden können.

»Du ziehst etwas von mir an«, sagte sie, »denn in einer Cordhose fällst du in dem schicken Dachterrassenrestaurant etwas aus dem Rahmen. Dann würdest du dich vielleicht unwohl fühlen.«

Das war bestimmt gut und nett von ihr gemeint, wäre es nicht so, daß sie eine französische Größe achtunddreißig trägt und ich eine holländische Größe zweiundvierzig.

»Ach was«, sagte Marianne, »das ist doch kein problème. Allein dein Hinterteil ist Größe zweiundvierzig, und das ist bei einem weiten Rock kein Hindernis. Ich habe ein Kleid, das von oben weit fällt, da paßt du schon rein.«

Während ich beim Anprobieren war, nahm sie genießerisch kleine Schlückchen von ihrem Black Label. Natürlich hätte Marianne es gut in nüchternem Holländisch sagen können: es steht dir prima, und dann wäre ich nicht drauf reingefallen. Aber sie wußte es so lieb zu sagen. Wenn sie jemandem schmeicheln wollte, wurde sie ganz Pariserin, und wie sollte eine Amster-

damerin dagegen ankommen. Mit einem Fingerschnippen sagte sie: ›Mais vous êtes une belle, Tonia.‹
Und wer wagt, so etwas in Zweifel zu ziehen, wenn eine Modefotografin das sagt. Ich war verloren, und ich wußte es; wie ein williges Lamm würde ich an diesem Abend im Gefolge der lieblichen Schönheit den schlechten Pfad betreten. Und es war sehr wahrscheinlich, daß ich mich dabei auch noch amüsieren würde.
Nun studierte ich den Prospekt mit den Attraktionen. Auf der ersten Etage befand sich etwas, was sie Patio genannt hatten. Auf dem Bild sah es anziehend aus. Bänke, Tische und Stühle im Finde-Siècle-Stil. Viele Farne und Palmen in der Mitte. Auf dem Foto war nicht zu erkennen, ob sie echt oder aus Plastik waren. Jeden Tag live Klaviermusik, stand dabei. Für Ihren Afternoon-Tea und Ihre Cocktails. Das schien mir eine kultivierte Umgebung.
»Laß uns in der Patio ein Gläschen trinken.«
»Das erste Glas«, korrigierte mich Marianne subtil.
Ich fühlte mich richtig vornehm, als wir von einer Art männlicher Hosteß im Blazer zu einer Eckbank geführt wurden. Die Engländer können es eben. So ein Mann, der mit ausgesuchter Freundlichkeit fragt, ob man es bequem hätte, ob man bestellen oder noch etwas warten möchte.
»Er heißt bestimmt James«, kicherte ich nervös zu Marianne hinüber.
Ich hätte mich dort eigentlich nicht behaglich fühlen dürfen, zwischen diesen dekadenten Palmen, die echt waren, wie sich herausstellte, den Tiffany-Schummerlampen und mit ›Greensleaves‹ in den Ohren. Schließlich bin ich schon seit Jahren alternativ. Aber in Wirklichkeit genoß ich es. Mit Wohlgefallen sah ich auf die schwarzgeblümte Seide von Mariannes Kleid, das – für meinen Geschmack – sehr elegant um meine Beine drapiert war. Genüßlich sog ich an einem Strohhalm, der in einem von Marianne – der Allwissenden – bestellten exotischen Cocktail steckte, und fühlte mich, trotz meines beunruhigten Gewissens, sehr wohl.
»Siehst du diesen Mantel«, zischte Marianne.
Ich guckte gehorsam, hatte aber meine Brille nicht auf, sah also nur einen schwarzen Flecken.
»C'est une putain«, sagte Marianne.

Das brachte meine Gedanken über den Mantel und das, was darin steckte, schon etwas auf Trapp, obwohl ich immer noch nichts sah. Ich wühlte in meiner Tasche nach der Brille. Ich hatte das schon öfter gehört. Marianne pflegt jede Frau, die schöner als sie selbst ist, eine Nutte zu nennen. Jede, die teurer gekleidet war, sowieso.

»Siehst du das«, sagte sie mit aufrichtiger Empörung. »Daß sie das hier erlauben.«

Ich konnte nun gut sehen und ließ mich blenden. Solche Frauen sah ich in echt nur selten. Man weiß, daß es sie gibt, durch Filme, Fernsehen und die *Vogue*, aber im richtigen Leben kommen sie selten vor. Die Frau war vollkommen, der Mantel auch. Es war irgendeine exotische Tierart, die ohne Zweifel von einem Meisterkürschner zu Haute Couture verarbeitet worden war. Irre toll, wenn man ihn zu tragen weiß. Wenn ich so einen Mantel besäße, würde er einfach offen hängen, ich würde große Schritte in den bequemen Schuhen machen, für die ich eine Vorliebe habe. Ich würde aus dem Fahrstuhl kommen, in die Runde gucken und heftig einigen Bekannten zuwinken, die auf mich warteten. Und jeder würde denken: dieser Mantel wird wohl unecht sein.

Einen richtigen Auftritt zu machen ist eine Kunst, die man im Blut haben muß. Sie hatte es. Sie tippelte auf hohen Absätzen zu dem schmiedeeisernen Gitter, das die Patio abschloß und blieb dort eine Sekunde stehen. Langsam zog sie ihre Glacéhandschuhe aus. Sie nickte fast unmerklich einigen Leuten zu, die etwas weiter weg saßen, und während sie mit geschmeidigen Schritten wie ein elegantes Raubtier voranschritt, öffnete sie den obersten Knopf ihres Mantels. Ich sah, daß alle Herren des betreffenden Tisches aufgestanden waren. Es waren vier. Zwei Mädchen blieben sitzen. Die Dame hat ein Gefühl für's Timing. In dem Moment, als sie am Tisch angekommen war, war auch der letzte Knopf ihres Mantels geöffnet und mit einer fließenden Bewegung ließ sie ihn von sich gleiten, ohne zu gucken, wohin er fiel. Ich denke, daß so eine Frau normalerweise immer jemanden bei sich hat, um den Kontakt ihres Mantels mit dem Fußboden zu verhindern. Dieses Mal war es James. Er blieb dabei stehen, als die Frau den Herren die Hand gab, den Mädchen zunickte. Er schob inzwischen einen Stuhl vom Tisch ab und stellte ihn so hin, daß sie beim Hinsetzen automatisch ihr Hinterteil darauf nieder-

lassen konnte. Ich saß atemlos vor Bewunderung und schaute dem ganzen Akt zu.
»C'est une putain«, sagte Marianne wieder, und ihre Stimme war unverkennbar giftiger, als beim ersten Mal.
»Sie ist irre schön«, ärgerte ich sie. »Hast du jemals solche bildschönen langen, blonden Haare gesehen? Echte, meine ich?«
»Das kann jeder Friseur«, sagte Marianne und schüttelte ihren pechschwarzen Pola-Negri-Kopf.
Ich hatte immer, ohne darüber nachzudenken, angenommen, daß Marianne mit diesem pechschwarzen Glanzhaar geboren wurde, aber da sie nun so sachkundig tat, zweifelte ich auf einmal und mußte lachen. Wer weiß, vielleicht hatte Marianne in Wirklichkeit genau solches Haar wie ich. Nicht blond und nicht dunkel, und hier und da etwas gekräuselt. Ich wurde richtig fröhlich darüber.
»Was hat sie für große Augen«, sagte ich und fühlte mich genauso, als machte ich bei einer Art alternativem Rotkäppchen und der Wolf mit.
»Weil sie massenhaft Tusche drumherum geschmiert hat«, sagte Marianne.
»Was hat sie für eine schlanke Figur.«
»Weil solche Frauen nie etwas anderes als Wurzeln essen«, sagte Marianne.
»Wie toll sie angezogen ist«, sagte ich.
»Das kommt daher, weil sie geradezu fürstliche Moneten verdient«, sagte Marianne.
»Nutte oder nicht, die Dame hat Stil«, ärgerte ich sie weiter. »Und was ist der Unterschied zwischen dem einen Beruf und dem anderen?«
Marianne ist von Haus aus katholisch. Streng sogar. Sie ist von Nonnen aufgezogen worden und wußte buchstäblich alles über Sünden. Wenn es ihr gelegen kam. Sie begann nun auch nach dieser frivolen Bemerkung von mir moralisch zu schnauben.
»Leichte Frauen sind eine Geißel«, sagte sie, und ich wartete genüßlich auf das, was noch alles kommen würde.
Marianne ist wirklich einzigartig, wenn sie erstmal in Fahrt ist.
»Frauen, die sich ohne Liebe hingeben«, sagte sie, »und auch noch an Barbaren.«
Das war neu, ich sah sie überrascht an. Ich hatte eine Geschichte

erwartet im Stil von Gott sieht alles und das unschuldige Jesukindlein ist zur Erde gekommen, um für unsere Sünden zu büßen. Es war immer wieder ein Fest, ihren mit charmantem Akzent erzählten Geschichten zuzuhören. Aber wo holte sie in Gottes Namen plötzlich die Barbaren her?
»Diese Männer«, sagte Marianne und guckte wie eine böse Katze. »Diese Männer.«
Ich warf einen Blick auf den Tisch in der Ferne, aber sie sahen tadellos aus. Ordentlich in ihren Anzügen und so. Sie hatten keine Tierfelle um sich herum drapiert, nirgends waren Keulen zu erkennen, und sie tranken aus edel geformten Gläsern.
»Es sind Araber, und sie sind von Gott verlassen«, erklärte Marianne.
Marianne ist bestimmt ein nettes Mädel, manchmal, und sie kann nichts dafür, denn es liegt an ihrer Erziehung, aber sie denkt oft in Schubladen. Sie selbst kam aus Paris, also waren Leute, die nicht aus Paris kamen, nun ja, nicht verwerflich, aber doch von geringerem Wert. Obwohl sie natürlich schon Franzosen blieben, das sprach zu ihren Gunsten. Europäer, Niederländer inbegriffen, konnten wohl nette und gute Menschen sein, aber sie blieben suspekt. Alles, was außerhalb Europas wohnte, taugte natürlich sowieso nichts. Und alles, was außerhalb Europas wohnte und nicht katholisch war, war dann auch absolut gottverlassen.
»Das ist nicht wahr«, sagte ich entschieden.
»Was ist nicht wahr?« fragte Marianne.
»Araber glauben wohl an Gott, aber sie nennen ihn anders, und sie haben nur einen Propheten mehr«, erklärte ich vereinfacht.
»Sie essen Christen«, sagte Marianne, und ich wußte, daß sie es selbst nicht glaubte. So dumm war sie nun auch wieder nicht.
»Nun, dann haben sie heute abend einen leckeren Happen«, sagte ich, und wies auf die schöne blonde Dame.
»Sie ist alt«, sagte Marianne nachdenklich, und ich dachte kurz, daß sie ernsthaft die Zähigkeit des Fleisches abzuschätzen begann.
»Sie ist Ende der Zwanziger, und das ist jung«, sagte ich gnadenlos, »denn du und ich sind fünfunddreißig.«
»Ich bin dreiunddreißig«, verbesserte sie automatisch.
Das kann man nicht mal eine Lüge nennen, denn sie sagte das schon zweieinhalb Jahre lang zu jedem und glaubte es selbst.

»Ich meine nicht wirklich, daß sie alt ist«, sagte Marianne, »aber ich kenne das Gesicht. Ich habe sie schon mal irgendwo gesehen. Die Art, wie sie sitzt, so'n bißchen schief auf ihrem Stuhl. Ich kenne die Frau.

Jetzt war Marianne berufsmäßig beschäftigt, und davor habe ich sehr viel Respekt. Sie ist eine der Besten und hat Augen im Kopf, als wären es Fernsehkameras, und einen eingebauten Belichtungsmesser in ihrem Gehirn. Wenn sie sagt: ich kenne das Gesicht, ich habe es schon mal gesehen, dann stimmte das.

»Vielleicht ein Fotomodell von vor Jahren«, äußerte ich.

»Nach unten gefallen«, fügte Marianne hinzu.

Ich sah auf die Dame. Sie bekam gerade eine Zigarette aus einem Zigarettenetui angeboten, das wie Gold aussah. An ihrem Finger funkelte etwas, das Diamanten zu sein schienen.

»Eigentlich heraufgefallen«, fand ich.

»Das Kleid«, sagte Marianne, »ist so lala.«

Ich hatte auf einmal genug.

»Mein Gott, was für ein Gelaber. Laß' uns essen gehen«, sagte ich kurz. Und Marianne weiß immer, wann ich etwas ernst meine. Sie schüttete mit einem großen Schluck den Rest ihres Cocktails hinunter und stand gehorsam auf.

»Wohin«, fragte ich und merkte, daß meine Stimmung schwankte.

Mariannes auch.

»Wohin du willst«, sagte sie schüchtern.

Das entwaffnete mich wieder. Nun ja, Marianne verhielt sich nicht immer gemäß der Normen einer emanzipierten feministischen Frau, auf der anderen Seite mußte ich aber ehrlich zugeben, ich auch nicht immer. Manchmal kostete es mich Mühe, alle meine Schwestern lieb zu haben.

»Was hältst du von noch einem Gläschen?« fragte Marianne.

»Schließlich ist es noch nicht einmal acht Uhr, und nur Holländer essen früher.«

»Ich gehe nicht dorthin zurück«, sagte ich entschieden.

»Aber nein, Dummerchen, natürlich gehen wir nicht zurück. Bloß nicht noch mehr Schwierigkeiten.«

Wir landeten an der Bar des Dachterrassenrestaurants und bestellten Sherry. Gerührt lauschte ich dem Akzent des Barkeepers, der mir wie unverfälschtes Cockney in den Ohren klang,

und sah mit Vergnügen auf das hübsch in eine Uniform gepaßte, herumlaufende Personal.
»Ich liebe die Engländer«, sagte ich, »sie sind so englisch.«
Marianne schnaubte, sie konnte es einfach nicht lassen.
»Sie können auch deutsch reden«, sagte der von mir als so ein netter Engländer bezeichnete Barkeeper. »Ich komme aus Köln.«
»Prego, prego«, rief ein anderer, vorbeieilender Kellner und ›Shalom‹ grüßte ein Mitglied des Personals einen Eintretenden.
»Du magst wohl Gastarbeiter«, sagte Marianne mit hochgezogener Nase.
»Arbeitnehmer im EG-Verband«, bemerkte ich, um meine Ehre zu retten.
»Wie findest du die Aussicht?« fragte ich, als ich aus dem Panoramafenster hinter der Bar sah.
»Herrlich«, sagte Marianne, halb abgewendet von mir in Richtung eines Herrn, der neben ihr Platz genommen hatte.
Als ich aufmerksam hinguckte, sah ich, daß er tatsächlich ein hübsches Exemplar war. Meine Fantasien über exotische Männer blieben bei Griechenland stehen, also nahm ich automatisch an, daß er aus der Gegend von Athen kam. Er war ein Typ mit leicht gebräunter Haut, so weit ich sehen konnte, schlank, mit strahlend weißen Zähnen und einer lässigen Welle im Haar.
»Vous êtes Française?« sagte er zu Marianne, und ich wußte, daß ich mich nun mindestens eine Dreiviertelstunde allein vergnügen mußte.
Der Herr, der gerade die Bar betreten hatte, plazierte sich dicht neben mich. Aus meinen Augenwinkeln sah ich, daß er klein, kugelrund und dunkelbraun war. Ich sah auf das Panorama, und er sah auf mich. Quasi in Gedanken versunken schlürfte ich zwei Sherrys. Er nutzte seine Chance, als ich zu einer Zigarette griff. Die Flamme eines Feuerzeuges flammte teuer auf.
»Von wo kommen Sie?« fragte er verlegen.
Ich versuchte zu verfolgen, womit Marianne und ihr Nachbar beschäftigt waren, denn durch frühere gemeinsame Reisen wußte ich, daß ich Marianne mißtrauen mußte, wenn schöne Männer auftauchten. Ich verstand natürlich überhaupt nichts davon, mein Französisch ist gerade gut genug, um in Frankreich nach dem Weg zu fragen, und dann finde ich es sehr angenehm, wenn

der Informant ihn gleichzeitig noch mit den Händen beschreibt.
»Aus Holland«, gab ich meinem Nachbarn die gewünschte Auskunft.
Er dachte erfreut, nun Gesprächsstoff zu haben, denn er war oft dort gewesen. Das war aber nicht so, denn er wußte alles über den Thorbeckeplatz und ich über Gegenden, wo es besetzte Häuser gab, und dazwischen lagen Welten.
Der schöne Mann hatte jetzt seinen Arm um Marianne gelegt. Sehr leicht, aber immerhin.
»Wo kommen Sie her?« fragte ich meinen Gesprächspartner.
Er mußte kurz nachdenken. Marianne kicherte auf eine Art, die ich nicht gut abkonnte.
»Aus Indien«, sagte er.
Ich wußte eine Menge über Poona, aber darüber hatte er noch nie etwas gehört. Ich wußte wohl auch etwas über die Armut, Überschwemmungen und Hungersnöte. Davon hatte er auch noch nie etwas gehört, aber ob ich vielleicht etwas zu trinken wollte.
»Die Aussicht ist schön«, sagte ich unfreundlich.
Er schnippte mit seinen Fingern, um den netten Barkeeper darauf aufmerksam zu machen, daß wir etwas wünschten, so als würde man einen Kuli zu sich rufen, und ich saß da und schämte mich für ihn.
Ich fragte ihn nach seinem Beruf; er handelte mit precious stones, Rubine und so. Ich wußte nichts über Rubine zu sagen und erzählte ihm, daß ich in der Frauenbewegung engagiert wäre. Er fragte zweimal, was ich damit meinte und sagte, daß sie in Indien noch nie etwas darüber gehört hätten, but very interesting indeed.
»Vor allem der Postturm dort hinten, es ist doch wirklich beeindruckend, als ob er über London herausragt«, sagte ich.
Und dann wurde Marianne wieder sozial, zumindest dachte ich das.
»Mein Freund hier«, sagte sie.
Marianne ist wirklich sehr gut in schnell geschlossenen Freundschaften.
»Ich schlage vor, uns zusammen an einen Tisch dort zu setzen, denn wir befürchten, daß du dich sonst ausgeschlossen fühlst.«
Das fand ich nett von ihr. Dankbar stand ich auf und nickte

meinem Herrn Buddha zu. Ich fand sie noch netter, als sie beschlossen, Englisch zu sprechen, so daß ich, falls ich Lust hätte, ebenfalls ein bißchen mitmischen konnte. Oh, diese Marianne ist so schlau. Wenn sie zu mir gesagt hätte: wir setzen uns jetzt dort hin, denn bald kommt ein Freund von meinem Freund, also kommt es gut aus, wenn ich eine Freundin dabei habe. Dann gehen wir zu viert essen und ein Tänzchen machen und danach gehen wir zu einer Fete in einer Privat-Suite hier im Hotel, wo fast nur exotische Männer in Kaftans herumlaufen, dann wäre ich aufgestanden, und so schnell ich konnte, in mein Zimmer gerannt, hätte flink wie ein Wiesel dieses Kleid von ihr ausgezogen und hätte mich mit der Decke über dem Kopf ins Bett gelegt.
Aber Marianne spielte sehr diplomatisch. Ich fühlte mich prima mit den zweien, nahm meinen vierten Sherry und gab jemandem die Hand, der meine Hand bereits genommen hatte. Das war also Achmed, der Freund von Bekir.
»Wie heißen Sie«, fragte ich verwirrt.
»Ganz normal Bekir und Achmed«, sagte Marianne strahlend, ohne eine Spur Rassismus oder christliche Mißbilligung.
»Woher kommen Sie denn?« fragte ich mißtrauisch, mich mit einem Ruck zu Marianne wendend.
Dieses Kleid von Marianne war hier und da zu eng. Ich hörte etwas an meiner rechten Schulter reißen.
»Aus Saudi-Arabien«, teilte Marianne mir mit.
Ich fand es eigentlich nicht so normal. Der gerade angekommene Achmed war auf den Stuhl neben mir gesunken.
»What a pleasant surprise to meet you«, sagte er und sah mir tief in die Augen. Er ähnelte Omar Sharif.
»Ich bin verheiratet«, sagte ich und sah nicht ein, warum alle darüber grinsen mußten.
»Ich auch«, sagte Achmed mit einer lässig abweisenden Handbewegung.
Ich überlegte, daß er vielleicht sogar mit drei Frauen verheiratet war und es also blöde fand, daß ich mich mit meinem einen Ehemann schon so anstellte. Aber zählt mein Frank nicht für drei?
»Wird es nicht Zeit, essen zu gehen?« fragte ich Marianne.
»Sicher«, sagte sie. »Bekir hat bereits vor einer halben Stunde einen Tisch für vier bestellt.«

Ich schoß hoch, aber das konnte das Kleid nicht ab. Mit einem krachenden Geräusch riß der Ärmel ab. Verwirrt sah ich auf meine entblößte Schulter.
»Verdammt«, sagte ich und blickte ängstlich, wie Marianne dies auffassen würde.
Die Herren waren auf einmal intensiv in ein Gespräch vertieft, und Marianne zeigte sich von ihrer besten Seite.
»Es gefiel mir sowieso nicht mehr«, sagte sie. »Los, geh' dich schnell umziehen.«
»Wenn ich etwas beim Room-Service bestellen und zu Bett gehen würde«, versuchte ich mich zu drücken. »Ich habe nichts anzuziehen.«
Sie ging nicht darauf ein.
»War das nicht eine Samthose, die du vorhin in den Schrank gehängt hast?« sagte sie. »Und links auf dem Bord liegt eine Seidenbluse von mir, so groß wie ein Malerkittel. Damit kannst du nicht so viel falsch machen, denke ich.«
Wie ein Hund mit eingezogenem Schwanz zog ich ab.

2

Das erste, was ich tat, als ich in mein Zimmer kam, war Frank anzurufen. Er fand es nett, etwas von mir zu hören.
»Wie geht's?« fragte er interessiert. »Zu dieser Zeit nicht bei einem Schnäpschen?«
Ich liebe meinen Frank, auch wenn wir schon viele Jahre verheiratet sind. Er gibt einem immer das Gefühl, daß man wirklich etwas ganz Besonderes ist. Wenn er nicht zufällig gerade interessante Gebäude entwirft, gibt er einem alle Aufmerksamkeit, und oft habe ich das Gefühl, er weiß noch besser als ich selbst, was ich will.
»Ich sitze in der Bar mit Marianne und zwei Typen«, erzählte ich bedrückt.
»Aber das ist doch nett«, fand Frank.
»Ich weiß nicht«, sagte ich zweifelnd. »Es sind Araber.«
»Die können doch auch sehr nett sein«, war die Antwort.
»Der eine heißt Achmed und ist Kultusminister«, sagte ich.
»Kannst du nicht fragen, ob er vielleicht jemanden braucht, um Harems zu entwerfen?«
Ich mußte darüber lachen, obwohl ich ja auch eine Frau bin. Auf einmal fragte ich mich, ob ich vielleicht so ängstlich war, weil ich mit Geschichten über weiße Sklavinnen und Märchen aus Tausend-und-einer-Nacht aufgewachsen bin.
»Sie wollen, daß wir mit ihnen essen gehen«, sagte ich plötzlich etwas fröhlicher.
»Tut das, tut das«, sagte Frank. »Das ist doch interessant, besonders für eine Journalistin.«
Frank und ich führen eine offene Ehe. Als wir heirateten und noch in dieser Wohngemeinschaft wohnten, wurde über diese Dinge heftig diskutiert. Wir würden zwar heiraten, aber die Türen zu anderen Beziehungen blieben offen. Im Laufe der Jahre beschäftigten wir uns nicht mehr so viel damit, aber sie blieb offen, die Tür unserer Beziehung. Wir hatten nie Probleme damit gehabt, einfach deshalb, weil keiner von uns jemals Gebrauch davon gemacht hatte. Glücklicherweise, denn die einzigen Male,

daß einer von uns heimlich durch das Kellerfenster unserer Ehe entwich, waren schwierig genug gewesen.
Frank hatte einmal eine Nacht bei einer schönen Nachbarin gesessen oder gelegen; ich bin nie dahintergekommen, und einmal, als ich auf einer Kreuzfahrt war und Frank von hoher See anrief, hörte ich deutlich »hihi« im Hintergrund, während mein Frank immer »haha« lachte.
»Also findest du es nicht schlimm, wenn ich mit Achmed mitgehe?« fragte ich jetzt.
»Solange du deinen vernünftigen Verstand dabei hast«, witzelte er.
Und wenn Frank es schon normal findet, daß man mit einem Araber herumzieht, wer bin ich denn, daß ich noch zögere. Ich zog Mariannes Malerkittel an und vergriff mich im Vorübergehen kurz an ihrer Wimperntusche. Vielleicht lag es daran, daß ich äußerst zufrieden war, als ich einen letzten Blick in den Spiegel warf, aber es kann auch sein, daß mir das Gespräch mit Frank gutgetan hatte. In jedem Fall war meine Laune besser, als ich wieder oben in der Bar ankam.
»Die Bluse steht dir gut«, sagte Marianne, »und wie findest du meinen Bekir?«
»Wundervoll«, sagte ich, »wirklich wundervoll.«
»Er ist der Mann meines Lebens«, erzählte mir Marianne aufgeregt.
Persönlich habe ich schon dreimal den Mann von Mariannes Leben miterleben dürfen, es müßten jedoch wohl noch mehr gewesen sein.
»Haben die Herren auch ein Zimmer zusammen?« fragte ich.
Gottseidank nicht, also brauchte ich die Nacht nicht auf dem Gang zu verbringen. Sie hatten jeder eigene Räume, und zwar in unserem Hotel.
»Dieser Achmed hat mir erzählt, daß er für seine Regierung arbeitet, ist das wahr?« fragte ich und in einem Atemzug weiter: »Was macht deiner?«
»Auch irgendwas für die Regierung«, sagte Marianne vage.
Da ich nun weniger ängstlich war, wagte ich sie mir näher anzusehen. Achmed war zwar kein Prachtstück, sah aber nicht schlecht aus. Mitte vierzig, was ja für einen Mann ein interessantes Alter sein soll. Das behauptet Frank zumindest, der gerade auf die Vierzig zugeht. Er steckte in einem enggeschnittenen

Anzug. Als er strahlend lachte, sah man, daß Araber nie goldene Zähne nötig haben würden, wenn sie nur lernten, sie zu putzen. Und er war schrecklich zuvorkommend. Als ich nachdrücklich gesagt hatte, daß der Sherry mir bis zum Halse stand, schlug er vor, zu Tisch zu gehen. Während wir zum Restaurant gingen, hielt er meinen Ellbogen fest. Stell' dir vor, dachte ich und geriet schon wieder im voraus in Panik, wo das hinführen könnte. Nach der Überlieferung war es auch die erste Freiheit, die meine Großmutter meinem Großvater zugestand.
Ob wir vielleicht noch einen Aperitif wünschten? Als jeder was bestellt hatte, fand ich es kindisch, nicht mitzutrinken. Achmed fragte äußerst freundlich, ob ich etwas über Arabien wüßte. Ich holte tief Luft, um das, was ich dachte zu wissen, auszuspucken. Marianne ahnte bereits, worüber ich beginnen würde.
»Du hältst das Maul über den Tod der Prinzessin, du weißt nichts vom Ölboykott und du weißt nicht einmal, wo Israel liegt«, zischte sie mir auf Niederländisch zu.
Ich heiße De Vries mit meinem Mädchennamen, deshalb vermute ich, daß meine Vorfahren irgendwo aus Friesland kamen. Ich lüge nie oder fast nie. Ich habe nicht einmal spezielle Sympathien für Juden, denn mir ist es völlig egal, welchem Volk jemand angehört, an das Auserkorensein mag ich nicht glauben, aber manchmal werde ich herausgefordert, und diesmal war es Marianne; »Ich bin schon einigermaßen auf dem laufenden über die Nah-Ost-Problematik«, sagte ich provozierend, »denn schließlich bin ich Jüdin.«
Das war offensichtlich eine Neuigkeit für Marianne. Warum benutzt ein Mensch solche Lüge? Um zu schockieren, nehme ich an. Es gelang, was sie betraf.
»La femme perfide«, sagte sie mit stechendem Blick.
Sagte sie das nun, weil sie durchschaute, daß ich log, oder weil sie noch immer was gegen die Juden hatte. Die Nonnen hatten ihr nämlich früher erzählt, daß die Juden Christus verraten und ans Kreuz genagelt hatten. Die Reaktion der zwei Herren war noch verwirrender.
Achmed breitete seine Arme aus, als ob er mich umarmen wollte.
»Darum warst du mir so sympathisch«, sagte er. »Wir sind also Nichte und Neffe.«

Ich sah ihn an, als ob mich ein nasser Monsun in der Wüste überraschte.
»Ihr seid Isaaks Kinder«, erklärte er, »und wir Ismails.«
Ich fand, daß er – was die Blutbande betraf – verdammt weit zurückging. Auch Bekir guckte so vergnügt, als hätte er ein lange totgeglaubtes Familienmitglied wiedergefunden.
»Ich dachte, daß es so hier und da Reibungspunkte gibt«, sagte ich betreten.
»Ein kleiner Familienzwist«, sagte Bekir freundlich, in einem Ton von ›Mensch, reg' dich nicht auf‹.
»Und in der Politik auch, so hier und da«, stellte Achmed fest, und er mußte es wissen, er war Minister.
»Aber dann doch wohl eine Zeitlang Scherereien«, sagte ich forschend.
Bekir fegte fast zwölf Jahrhunderte hinweg.
»Früher lebten wir sehr angenehm zusammen«, sagte er und tat, als spräche er über gestern.
Ich mußte kurz darüber nachdenken. Währenddessen schlürfte ich mit etwas Widerwillen sechs Austern runter. Ich mag diese Rotzklumpen in meinem Mund nicht gern, aber sie waren in einem unbewachten Augenblick für mich bestellt worden.
»Wie sind die Typen eigentlich so reich geworden?« sagte ich als Zwischenbemerkung zu Marianne.
Ich spielte auf den Diamantring von Bekir an und eine gigantische Krawattennadel aus Perlen von Achmed. Alles, was mit Rauchen zu tun hatte, wurde in Gold präsentiert. Und dann auch noch viermal Austern zu sechs Gulden das Stück und so ein edler Wein, wie man ihn bestimmt nicht bei Edeka bekommt.
»Was weiß ich«, sagte Marianne, »Öl vielleicht.«
»Aber sie arbeiten für die Regierung, sagen sie«, entgegnete ich.
»Nun, dann Schmiergelder«, sagte Marianne, als wäre es die normalste Sache der Welt.
»Die Juden sind so vorlaut«, spielte Bekir wieder auf das vorige Thema an.
Ich wußte nicht so viel darüber, also hörte ich zu.
»Das sind sie immer schon gewesen«, ergänzte Achmed.
Sie sprachen in einem Ton, als ob sie über ihre geistig zurückgebliebenen Neffen redeten.
»Mohammed erkannte Jesus an«, fuhren sie fort, »wir haben sogar für kurze Zeit gen Jerusalem gebetet.«

Es klang so, als holte er persönliche Erinnerungen hoch, dabei müßte es doch sicherlich so um die zwölf Jahrhunderte früher gewesen sein.
»Aber die Juden wollten nur nicht einsehen, daß Mohammed der nächste Prophet war. Sie dachten und denken noch immer, daß nur ein Jude Gottes Botschafter sein kann. Das ist doch wohl sehr begrenzt, nicht wahr?«
Sie sahen jetzt auf mich wie Lehrer, die es einem Kind übelnahmen, daß es sich auf dem Holzwege befindet. Das einzige, was ich tun konnte, war, betreten zu gucken und mein eigenes Lügen zu bereuen. Ich weiß, daß es nicht höflich ist, ich hätte es aber zumindest als sehr taktlos empfunden, wenn die Herren zusammen Arabisch weitergesprochen hätten, was sie nicht taten. Aber ich konnte es nicht lassen.
»Ich finde sie sehr freisinnig«, sagte ich zu Marianne auf Niederländisch.
Sie schien in der Zeit, als ich mich an der Bar mit dem Herrn Buddha Rubin unterhalten hatte, schon einiges erfahren zu haben.
»Wenn man bedenkt«, sagte ich, »daß nach meinen Informationen die Saudis Juden als Vorspeise, Hauptmahlzeit und Nachtisch roh essen, daß ihre eigenen Frauen jungfräulich und unbesehen heiraten müssen, sie keinen Tropfen Öl für Reklame auszugeben wünschen und europäische Frauen als reines Sexualobjekt betrachten!«
»Das sind auch keine echten Saudis«, erzählte sie. »Dein Achmed kommt eigentlich aus Beirut, das ist eine sehr moderne Stadt. Er hat in England studiert und wurde nach Riad befohlen. Mein Bekir hat in Frankreich studiert und ist von Haus aus ein Berber.«
Ich ging auf das Dein und Mein erstmal nicht ein.
»Wahrscheinlich nicht von Haus, sondern von Zelt aus«, sagte ich.
Marianne schluckte mit zum Himmel blickenden Augen, als versuchte sie, von irgendwoher Hilfe zu bekommen. Dann sah sie mich direkt an, schluckte wieder, als müßte sie sich zusammennehmen und sagte: »Tonia, warum bist du immer so schrecklich rücksichtslos. Du kannst nie etwas anderes als sarkastische Bemerkungen machen. Du bist ständig damit beschäftigt, Menschen bei Schwächen und Fehlern zu ertappen, und verpestest damit jede Atmosphäre.«

Das war zuviel. Verflucht, ich bin doch immer nett, besitze ein warmes Herz und bin außerdem noch eine Ratgeberin bei Schwierigkeiten. Und dann kommt so eine französische Fotografin, die solch positives Selbstbild auseinanderzerren will.
»Hör' mal kurz zu«, richtete ich mich zur Verteidigung auf.
Achmed schien ein sensibler Typ zu sein. Natürlich hatte er nichts von dem verstanden, was soeben gesagt wurde, aber er schien zu durchschauen, daß etwas schief lief. Eine Minute später tanzte ich fröhlich drauflos. Araber machen nicht nur Bauchtanz, fand ich heraus, sie können es auch ganz normal mit ihren Beinen.
Ich merkte wieder eines: Tanzen ist eine ausgezeichnete Therapie. Auf sehr verantwortliche Weise kanalisierte es Aggressionen. Das erste Mal, als ich an Marianne und Bekir im Foxtrottschritt entlangtanzte, konnte ich es noch nicht lassen.
»Mit allem, was du sagst, meinst du dich selbst«, zischte ich ihr zu.
Das zweite Mal warf ich ihr nur einen fiesen Blick zu, das dritte Mal ignorierte ich sie und das vierte Mal bekam sie ein schwaches Lächeln von mir. Sie winkte mir freundlich zu, und das war für Achmed das Zeichen, wieder an unseren Tisch zurückzukehren.
Inzwischen war es Zeit für das Dessert.
»Ich freue mich auf mein Bett«, teilte ich Marianne mit. Sie war noch immer ein bißchen kühl zu mir, dachte ich.
»Die Nacht ist noch jung«, stellte sie nur fest.
Ich wollte eigentlich gern etwas Nettes zu ihr sagen, nur um zu beweisen, daß sie vorher Unrecht gehabt hatte. Ich dachte kurz darüber nach, was ich sagen sollte, mußte dann aber zugeben, daß ich überhaupt nicht mehr nachdenken konnte.
»Die Jungen fragen, ob wir Lust haben, zu einem Fest eines Freundes mitzukommen«, sagte Marianne jetzt fast liebenswürdig.
»Mädchen, wir müssen morgen arbeiten. Wir können doch jetzt nicht mehr ausgehen«, reagierte ich zweifellos weniger gereizt, als ich es normalerweise getan hätte.
Ich bekam kurz Zeit, meine Ablehnung zu formulieren, denn jetzt forderte Bekir Marianne zum Tanz auf. Ich beobachtete sie, und fand, daß sie ein hübsches Paar waren. Sie so elegant und klein, er größer, und auch schlank. Außerdem beide gute Tänzer. Es war eine Freude für das Auge und stimmte mich

noch milder. Eigentlich war Marianne gar nicht so übel. Sie war zwar keine richtige Freundin, aber auch nicht weit davon entfernt.
»Hat deine Freundin die Einladung ausgerichtet?«
Normalerweise hätte ich sofort erklärt, daß wir nicht mehr wären als Kolleginnen, vom Schicksal zusammen hierherverschlagen. Aber vielleicht war es den ganzen Getränken zu verdanken, die ich in mich reingeschüttet hatte, daß ich in so sanfter Stimmung war.
»Aber überhaupt noch irgendwo hingehen«, sträubte ich mich noch der Form halber.
»Hingehen?« echote Achmed überrascht. »Wieso? Es ist hier unten im Hotel. Also, wenn du genug davon hast, bist du in einer Minute wieder in deinem Zimmer.«
Ja, das mußte bestimmt der Drink gewesen sein, daß ich keine Entgegnung überlegen konnte. Und so kamen Marianne und ich auf diese Ölparty.
Ein bißchen schwindelig stand ich im Fahrstuhl und hatte das Gefühl, daß dieser tiefer und tiefer ging.
»Der Likör zum Kaffee ist mir etwas in die Beine geschossen«, platzte ich so drauflos und hörte mich selber kichern.
Achmed legte seinen Arm um meine Taille, nicht verwegen, mehr wie ein besorgter Bruder, und Marianne sagte: »Was hältst du von einem Sprudel?«
Es schien ein netter Mann zu sein, der die Tür des Appartements öffnete. Er sah ein bißchen wie der Putzmann in unserem Redaktionsbüro aus, zu dem ich immer im Spaß Sjalaam Abdullah sage. Ich tat es auch jetzt und es kam gut an. Er grinste breit, was mich ermutigte.
»I like your dress«, machte ich ihm ein gutgemeintes Kompliment, denn mir gefallen diese Kaftans.
Abdullah, der wahrscheinlich nicht Abdullah hieß, verbeugte sich ein wenig.
»Benimm' dich bitte«, sagte Marianne.
»Wer sich wohl nicht benehmen kann?« sagte ich, während wir hinter Bekir und Achmed herliefen, auf einem Flur, von dem verschiedene Zimmer abgingen.
»Meine Güte, ist dies wirklich noch ein Hotel?« fragte ich Marianne. »Dieser Laden hier ist noch größer als die Wohnung von Frank und mir.«

»Mais oui«, sagte sie, als fände sie das normal. »Dies hier ist ganz einfach die Abteilung für wirklich reiche Fälle.«
Und dann wurden wir in ein sehr großes Zimmer geführt. Es waren viele Menschen da, die auf dem sandfarbenen Teppich gingen, standen oder lagen. Orientalisch aussehende Herren in Hilton-Uniform gingen mit Tabletts herum, während überall verstreut auf kleinen Tischen oder auf dem flauschigen Boden gebackene Nüsse, Erdnüsse, Süßigkeiten und Früchte standen.
»Welcome«, sagte Machmuth, der Gastgeber, mit einer Herzlichkeit, als wäre er den ganzen Abend sehnsüchtig umhergelaufen, um mich zu sehen.
»Welcome, my dear, I hope you will enjoy yourself. Feel yourself at home, please«, und brachte mich und Marianne zu Vicky, die, wie sich herausstellte, Gastgeberin war.
Und da stand sie dann, die blonde Dame von unten.
»Merci«, sagte Marianne völlig perplex, was Vicky ausgezeichnet zu verstehen schien.
»Möchtet ihr euch etwas frischmachen?« fragte sie. »Ich werde euch eben das Badezimmer für Damen zeigen. Sie sind Französin, wie ich gehört habe. Für wen arbeiten Sie, wenn ich fragen darf?«
»Wir stecken im Journalismus-Geschäft«, sagte Marianne schroff.
Vicky führte uns durch ein Zimmer, in dem Mäntel auf dem Bett lagen, und brachte uns zum Badezimmer, wo genug Kosmetika und anderes Zeug für zwanzig komplette Frauenleben stand.
»Benutzt, was ihr wollt«, sagte sie mit einer ausholenden Handbewegung. »Es ist dafür da.«
Ich sah mir die Augen aus dem Kopf, während Marianne sich in einem Anfall höchsten Glücks auf eine Kollektion Parfums der berühmtesten Häuser stürzte.
»Aber wir sind hier doch unter uns«, sagte Vicky strahlend. »Ihr braucht hier doch nicht den Schein zu wahren.«
»Ich finde sie nett«, sagte ich auf Niederländisch. »Was du auch über sie sagst, sie ist richtig gastfreundlich.«
»Also, wenn ihr jetzt kurz sagt, für welchen Agenten ihr arbeitet, rufe ich ihn morgen an und treffe eine Vereinbarung«, fuhr sie fort, »denn dann habe ich wohl noch öfter etwas für euch zu tun.«
Ich verstand das überhaupt nicht, aber ich hatte schon etwas

zuviel getrunken. Marianne hatte genauso viel getrunken wie ich, ist aber vielleicht etwas cleverer.
»Das Weib denkt, wir wären auch Nutten«, sagte sie grob, und ich stand nur fassungslos da und schwieg.
Marianne war emotionalisiert.
»Nous ne sommes pas des dames de plaisir.«
»Nun komm«, sagte Vicky, ihre Schultern ungläubig hochziehend. »Was machst du denn sonst hier?«
»J'y suis avec mon fiancé«, sagte sie würdevoll und segelte mit einer königlichen Haltung aus dem Badezimmer.
Ich sah zweifelnd von Vicky zum verschwindenden Rücken von Marianne. Sie kam mir nun auch bekannt vor, die Art, wie sie dastand und lachte, genauso wie eine Schauspielerin. Aber Nutten sind ja auch eine Art Schauspielerin, überlegte ich, bevor ich hinter Marianne herging.
Aber sie waren es nicht alle, fand ich später heraus, und verstand wie es gekommen war, daß Vicky sich so merkwürdig hatte irren können. Als ich ins Zimmer zurückkam, standen Marianne und Bekir zusammen und flüsterten. Sie hatten nur Augen füreinander. Auf einer Couch saß ein einsames Mädchen und guckte verlassen in die Runde.
Die Art, wie sie ein Täschchen in der Hand hielt, als ob es Sicherheit bedeutete, und ihre Knie keusch zusammengedrückt hatte, bewies, daß sie eine feine Erziehung gehabt hatte. Achtzehn war sie, vielleicht sogar schon neunzehn, und gemessen am Schnitt ihres Kleides und ihrer Frisur, noch nicht so lange in der großen Stadt.
»Hallo«, sagte ich und plumpste neben ihr hin. »I am Tonia.«
»Maurene«, sagte sie träge.
»Amüsierst du dich?« fragte ich.
Sie sah an mir vorbei mit einem Blick ins Nichts.
»Es ist Arbeit«, sagte sie gelassen.
Ich winkte einem Kellner und bekam eine Art Pokal mit gehacktem Eis und einem Drink gereicht, auf dem Gardenien schwammen. Es steckte ein Strohhalm darin, mit dem man den Cocktail zwischen den Blüten herausschlürfen mußte. Ich fand das toll.
»Davon wird man betrunken«, sagte Maurene mißbilligend, »und mein Agent sagt, daß man aufpassen muß, nie betrunken zu werden. Das ist Sicherheitsregel drei.«

Maurene hatte ihre Lektion offensichtlich gut gelernt.
»Welches ist Regel Nummer eins?« fragte ich.
»Gut auf ihr Ding achten, ob sie nicht krank sind«, zählte sie brav auf.
Mein Cocktail schmeckte mir plötzlich weniger gut.
»Maurene, wissen deine Eltern eigentlich, daß du hier bist?« fragte ich streng.
Maurene seufzte, ohne eine Antwort zu geben. Vicky, auch wieder im Zimmer, kam auf uns zu.
»Los, Maurene«, sprach sie freundlich. »Lauf' mal ein bißchen umher. Du wirst nicht dafür bezahlt, langweilig zu sein.«
Maurene stand gehorsam auf.
»Denk daran, Kind, niemanden lästig fallen. Aber du mußt da sein, wenn sie dich wollen«, gab Vicky ihr mit auf dem Weg.
»Du großer Gott, bist du eine Zuhälterin?« fragte ich die schöne blonde Dame.
Sie sah zu mir hin, als hätte ich etwas Ungezogenes gesagt.
»Gastgeberin«, sagte sie überfreundlich. »Nur Gastgeberin, meine Liebe. Aber erzähl' mir doch mal, wie du hierher kommst und wer du bist.«
Sie ließ nicht locker, diese Vicky, sie war im Nachbohren wie eine gute Journalistin.
»Das habe ich doch schon gesagt«, sagte ich und merkte, daß ich – es mußten die Drinks gewesen sein – etwas mühsam formulierte. »Sie da drüben ist Fotografin und ich bin Journalistin, und morgen interviewen wir Lady Isobel, aber dann verliebte sich die da drüben in den Dingsbums und deshalb sind wir hier.«
Irgend etwas in diesem Satz mußte ich in meinem Englisch unglücklicherweise etwas unpassend ausgedrückt haben, denn Vicky wurde blaß. Sie sah mit so etwas wie Schrecken in den Augen zu mir hin, rief ›Oh, mein Gott‹ und sprang hoch, als ob sie jemand in den Hintern gestochen hätte. Aber sie blieb Gastgeberin.
»Enjoy yourself, dear«, sagte sie, bevor sie sich entfernte.
Maurene stand etwas entfernt und sprach verdrossen mit einem dunklen Mädchen. Ich ertappte mich dabei, daß ich neugierig war. Als Kind hatte ich Fanny Hill gelesen; als ich noch nichts über Ausbeutung von Frauen wußte, hatte ich schon mal neugierige Bekannte von außerhalb durch die Amsterdamer Sündenviertel geführt. Aber eigentlich hatte ich noch nie eine

Nutte bei der Arbeit, oder zumindest fast bei der Arbeit, getroffen. Ich beschloß, es höchst interessant zu finden. Also ergriff ich mein Schnäpschen und ging auf Maurene und das dunkle Mädchen zu.
»Tonia«, stellte ich mich vor.
»Betty«, sagte das Mädchen, Maurene sah gelangweilt an uns beiden vorbei.
»I never did see you before«, sagte Betty.
Sie war eine von dieser reizenden Art Frauen, die man oft hinter dem Ladentisch einer Parfümerie antrifft und die bei dir dann ein Minderwertigkeitsgefühl verursachen.
»Arbeitest du schon lange, ähm, in dieser Branche?« kam die Journalistin in mir hoch.
Sie begriff, daß ich also neu war und stellte sich mir zur Verfügung.
»Siehst du den da, in dem blauen Gewand?« fragte sie.
Ich guckte hin. Sie deutete auf einen Herrn in meinem Alter, der ausgestreckt auf dem Boden lag und seine Zehen bewegte.
»Sorg' dafür, daß du ihn nicht kriegst, denn er will, naja, eine griechische Behandlung, you know.«
Ich wußte nicht, was sie meinte, sah aber voller Interesse auf den Mann. Er merkte das anscheinend, denn er lachte mich strahlend mit allen goldenen Zähnen an.
»Sieh dich vor«, sagte Betty, »es sei denn, dir macht so etwas auch Spaß. Und stell' dich auf die Zehenspitzen, wenn der da auf dich zukommt, denn dann kommt er nicht ran. Er stinkt aus dem Mund und will trotzdem immer küssen.«
Sie zeigte auf ein kleines Männchen, das mit jemandem saß und sprach.
»Aber ich bin keine, äh, naja.«
Ich wollte die Damen nicht beleidigen. Ich sah, daß Marianne auf einem Stuhl Platz genommen hatte, mit Bekir auf der Lehne. Sie wußten nicht mehr, daß es mich gab.
»Darling«, sagte jemand und packte meinen Arm.
Ich erschrak, war jedoch froh, daß es weder der kleine mit dem schlechten Atem noch der Goldzahn mit der griechischen Vorliebe war.
»Darling«, sagte Achmed freundlich, »everything right? Do you want to leave?«
Nun komm, dachte ich empört, bin ich schon mal in einer

interessanten Umgebung, dann soll ich weggehen.
»Everything is fine«, sagte ich und nahm einen neuen Cocktail von einem vorbeispazierenden Tablett. Achmed sah mich besorgt an.
»Bist du sicher?« fragte er nochmal.
Ich nahm als Antwort einen großen Schluck. Das war das letzte, an was ich mich erinnerte. Das erste, was mir wieder einfiel, als ich wach wurde, war: die haben mir Drogen gegeben. Kurz dachte ich noch, daß ich träumte. Ich träumte, daß ich in einer Oase in der Wüste lag, zusammen mit Lawrence von Arabien und seinen Freunden. Es dauerte eine zeitlang, bevor mir bewußt wurde, daß der Sand kein Sand, sondern sandfarbener Teppich war; daß der Herr, der ausgestreckt mit einer Hand auf meiner Brust neben mir lag, nicht Lawrence von Arabien war und auch kein Freund von ihm, sondern Goldzahn mit der griechischen Vorliebe.
Die haben mir Drogen gegeben, dachte ich in Panik, als ich auf dem Boden einer Privatsuite im Londoner Hilton zu mir kam. Und dann, während ich panisch um mich sah: wo ist Marianne? Ich sah meine Kollegin nicht, aber sie, Vicky. Sie lag ausgestreckt auf einer ledernen Couch. Bildschön, ihre Haare hingen wie eine blonde Gardine über den Rand, ihre blauen Augen weit offen, scheinbar ohne zu sehen. Ihre Beine – für so eine elegante Person – sehr weit auseinander.
Ich schlug Goldzahns Hand von meinem Busen und stand wankend auf. Die haben mir Drogen gegeben, dachte ich in meiner Verwirrung, und dann: ihr auch. Ich ging zu ihr hin.
»Vicky«, sagte ich und packte einen ihrer schlaffen Arme, »Vicky, wach auf.«
Sie würde nie mehr aufwachen, denn sie war mausetot.
Es klingt seltsam, aber ich verstehe etwas davon. So etwas passiert mir ab und zu, und immer wieder denke ich, daß es gar nicht wahr ist. Als ich vor Jahren auf einer Kreuzfahrt von Athen nach Alexandria meine Kabinengenossin Shirley tot in der Kabine fand, glaubte ich meinen Augen nicht zu trauen. Auf derselben Kreuzfahrt habe ich gesehen, wie Anna über die Reling geworfen wurde, aber manchmal zweifel ich noch immer an dem, was ich sah. Voriges Jahr war ich es, die Benny Leeflang mit einem Barbecue-Spieß quer durch sein Herz im Vondelpark

fand. Und nun war es also Vicky, und wieder war das erste, was ich tat, Hilfe zu holen.
»Marianne«, rief ich in Panik, aber niemand kam angetrabt. Wie hießen denn die Kerle bloß noch, mit denen wir hierhergekommen waren? Ich schüttelte meinen Kopf, um klarer zu werden und sah ängstlich um mich. Niemand, den ich kannte, nicht mal ein bißchen. Das Mädchen Maurene und das Mädchen Betty nirgendwo zu sehen. Bekir und Achmed nirgends. Aber es waren doch noch mehr Zimmer gewesen.
Noch immer wankend stand ich auf und ging auf die Suche. Öffnete willkürlich eine Zimmertür. Zwei unbekannte Personen, die in ihrer Nacktheit auf einem Bett lagen und überrascht hochguckten. Ein Badezimmer, das hatte ich schon vorher gesehen. Nervös machte ich ein Gästehandtuch naß und wusch mein Gesicht. Ich mußte klarer werden.
»Anything wrong, miss?« fragte eine sanfte, freundliche Stimme hinter mir.
Zu der freundlichen Stimme gehörte mein Gastgeber Machmuth.
»Ich, äh«, sagte ich und überlegte, daß ich diesen Mann nicht kannte.
»Meine Freundin«, brachte ich richtig hysterisch heraus.
Machmuth schien nett zu sein, aber wem kann man als Mädchen und alleine denn noch vertrauen? Er machte zwei Schritte auf mich zu, während ich einen zurück machte. Weiter ging es nicht, denn ich hing bereits nach hinten über dem Waschbecken.
»Ihre Freundin und Bekir sind vor einer Stunde fortgegangen«, sagte Machmuth ruhig, »und Achmed mußte leider wegen dringender Geschäfte weg, aber er hat Ihre Sicherheit in meine Hände gelegt. Wir konnten Sie nicht wach bekommen, aber wenn Sie damit einverstanden sind, wird jemand von meinem Personal Sie jetzt zu Ihrem Zimmer begleiten.«
Es klang so vertrauenserweckend, so kultiviert. Ich glaubte auf einmal nicht mehr, daß Vicky tot war, das gab es nicht. Sie war, genauso wie ich, ein bißchen eingeschlafen, da auf dieser Couch. Machmuth brachte mich ins Zimmer zurück, während er beruhigend auf mich einredete. Fürwahr ein höflicher Mensch. Und ich war eine Hysterikerin, die dazu neigte, Tote zu sehen, wo es gar keine gab.
Im großen Zimmer waren jetzt nur noch sehr wenige Personen.

Es war jemand in Uniform da, um die Aschenbecher wegzuräumen, ein anderer sammelte Teller mit Nüssen ein. Goldzahn in seinem gestreiften Kleid lag auch nicht mehr auf dem Boden. Er saß anständig auf einem Stuhl und entblößte beim Grinsen wieder seine kostbaren Zähne. Die Couch, auf der Vicky gelegen hatte, war leer, als hätte sie dort nie wie tot gelegen.
»Suchen Sie vielleicht Ihr Täschchen?« fragte Machmuth mit seinem lieblich klingenden Akzent. »Wir haben sie für Sie weggelegt, als Sie schliefen.«
»Wo ist Marianne und wo ist Vicky?« fragte ich, und auf einmal waren sie wieder da, die Phantasien über den Handel mit weißen Sklavinnen.
Natürlich, so etwas mußte es sein. Sie hatten auch mir irgend etwas gegeben, einfach so.
»Einer meiner Bediensteten wird Sie auf Ihre Etage bringen«, sagte Machmuth.
»Ich finde sie schon allein«, sagte ich nervös.
Ich war natürlich zu häßlich, wußte ich auf einmal. Marianne und Vicky waren ›wau‹, schön genug, um sie einzupacken, Schleife drum und an den meistbietenden Harem zu verladen. Sie hatten mich selbstverständlich begutachtet, als ich schlief. Frank ärgerte mich manchmal damit, daß ich mit offenem Mund schlief und komische Geräusche von mir gab. Sie hatten natürlich gesagt: die macht sich nicht bezahlt, die werden wir nicht los, laß sie mal wieder wach werden, der Westen darf sie behalten.
»Sind Sie sicher?« schmeichelte Machmuth.
Ich wollte weg und zwar sofort.
»Goodbye«, rief ich, und plötzlich erinnerte ich mich an meine Englischlehrerin, die immer gesagt hatte, daß man besser ›so long‹ oder ›see you‹ sagen sollte, und korrigierte mich selbst.
»So long«, rief ich also, aber Machmuth beabsichtigte anscheinend nicht, mich einfach so gehen zu lassen.
Er hielt mich zumindest am Arm fest. Vielleicht hatte er gedacht, mich als Bonus, Anschauungsmuster oder zum halben Preis verwenden zu können, überlegte ich erschreckt. Ich riß mich los und sprintete zur Tür, halb in Erwartung, sie verschlossen vorzufinden. Das war nicht der Fall. Ich rannte auf den Gang, als wäre der Teufel hinter mir her. Kurz erschrak ich mich noch zu Tode, weil am Fahrstuhl ein Araber stand. Als ich sah, daß es ein Typ in Hilton-Uniform war, mit einem Sack für schmutzige

Wäsche, auf Rädern, fühlte ich mich etwas besser. Aber ich war doch froh, daß der Mann den zuerst hochkommenden Fahrstuhl mir mit einer Verbeugung zur Verfügung stellte.
»Sjalaam Abdullah«, sagte ich wie von selbst, während sich die Türen zwischen uns schlossen. Ich sah gerade noch, wie er sich mit seinem Krauskopf feierlich verbeugte. Dann erinnerte ich mich, daß ich ihn schon einmal gesehen hatte. Es war der Mann, der uns die Tür geöffnet hatte, als wir auf die Party kamen. Dort war er im Kleid gewesen, jetzt in Uniform. Deshalb hatte ich ihn nicht sofort erkannt. Was machten sie mitten in der Nacht mit schmutziger Wäsche? Mein Herz stand beinahe still, genau im selben Moment, in dem auch der Fahrstuhl stehen blieb. Vicky oder auch Marianne. Es konnte nicht anders sein, dies war die Art, bewußtlose Damen aus dem Hotel zu schmuggeln.
Wie soll ich das der Redaktion meiner Zeitschrift erzählen? Mechanisch verließ ich den Fahrstuhl und ging in mein Zimmer. Bis zuletzt mit einiger Hoffnung; und steckte den Schlüssel ins Schloß. Ich kenne Marianne, die nicht umsonst Französin ist. Sogar, wenn sie eine Nacht beim Nachbarn schläft, wird sie es nicht lassen, Kosmetika, Bürsten und Kämme, Kleidung und saubere Unterhosen mitzuschleppen. Im Zimmer war nichts verändert, seit ich das letzte Mal darin gewesen war. Das Badezimmer war auch noch makellos. Ich sackte niedergeschlagen aufs Bett und nahm den Telefonhörer auf.
»Was ist nun wieder los?« sagte mein Frank etwas mürrisch.
»Marianne ist entführt worden«, sagte ich und hörte selbst den hysterischen Ton in meiner Stimme.
»Weißt du eigentlich, wie spät es ist?« fragte Frank.
»Sie war mit einem Kerl zusammen, der Bekir heißt«, sagte ich.
»Du kennst Marianne«, stellte Frank sachlich fest. »Nicht anwesend zu sein braucht noch lange nicht entführt sein zu bedeuten.«
»Und Vicky ist auch verschwunden«, sagte ich, »und nach meiner Meinung mausetot.«
»Was sagst du?« fragte Frank, und dann: »Wer, sagst du?«
»Vicky, die Gastgeberin, nun ja, die Nutte, nach Mariannes Meinung.«
»Wieviel hast du getrunken?« fragte Frank.
»Nichts«, log ich. »Sie lag auf einer Couch, völlig schlaff, und als

ich ins Zimmer zurückkam, war sie weg, und es stand ein Kerl mit einem Wäschesack am Fahrstuhl, wo sie wahrscheinlich drin war.«

»Darf ich fragen, wo sich das alles abspielte?« fragte Frank.

»Im Hilton natürlich«, informierte ich ihn. »Wir waren auf einer Party, und alle Frauen waren plötzlich verschwunden, außer mir.«

»Du lieber Gott«, sagte Frank, »es geht wieder los. Wenn jemand anders diese Art Geschichte erzählen würde, würde ich sagen: Geh' mal schön schlafen, Kind. Aber ich weiß, daß du eine Gabe hast, auf, äh, Verbrechen zu stoßen.«

»Was soll ich tun?« fragte ich meinen Frank.

Er dachte kurz nach. Eigentlich hätte ich das auch selbst bedenken können. So ein Hotel wie dieses hat einen Sicherheitsdienst und außerdem Tag und Nacht einen Assistent-Manager, der sich um seine Gäste kümmert. Ich wünschte Frank noch weiterhin eine gute Nacht und nahm den Fahrstuhl nach unten zur Rezeption.

Es war inzwischen drei Uhr nachts, und hätte ich mir erlaubt, selbst nachzudenken, hätte ich gewußt, daß ich mit meiner aufregenden Geschichte einen komischen Eindruck machen würde.

»Setzen Sie sich doch«, sagte Mr. Norton, »dann bestelle ich Ihnen ein Glas Wasser.« Ich hatte ihn an seinem Schreibtisch in der Ecke der Lobby angetroffen. Sowohl ein Schild auf seinem Schreibtisch als auch das Namensschild an seinem Revers gab darüber Auskunft, wer er war! Mr. Norton, Manager on duty.

»Meine Freundin ist weg«, fiel ich mit der Tür ins Haus.

Es nahm ihn nicht sehr mit. Sehr englisch sagte er: »Ach, ja.«

»Sie war mit einem Mann aus Riad zusammen«, erzählte ich weiter.

Mr. Norton zog auf englische Art seine Augenbrauen hoch. »I see«, hatte er offensichtlich Verständnis für meine Situation.

»Sie war, ich meine, wir waren auf einer Party, auf der auch Vicky war.«

Mr. Norton guckte etwas weniger verständnisvoll.

»I beg your pardon?« fragte er.

»So eine Blonde, meine ich. Sie werden sie bestimmt kennen, denn sie verhielt sich so, als wäre sie im Hotel bekannt.«

»Gnädige Frau, wir haben mehr als vierhundert Zimmer«, erzählte Mr. Norton.
»Es war ein Araber mit einem Wäschesack am Fahrstuhl«, verdeutlichte ich ihm.
»Wir haben hier fast ausschließlich ausländisches Personal«, teilte mir Mr. Norton mit. »Aber erzählen Sie mir einmal ...«
Er nahm einen Füller hoch, als wollte er Notizen machen.
»Auf welcher Etage hat sich das abgespielt?«
Ich sah ihn verdutzt an. »Was weiß ich«, sagte ich.
Er legte seinen Füller wieder hin.
»Wie hieß Ihr Gastgeber?« fragte er dann.
»Machmuth«, erinnerte ich mich.
»Und weiter?« fragte Mr. Norton.
»Keine Idee«, sagte ich.
Er sah mich nachdenklich an.
»Ach ja«, sagte er dann. »Aber darf ich vielleicht fragen, was Sie und Ihre Freundin auf einer Party taten, auf der Sie niemanden zu kennen schienen?«
Ich begriff, daß Franks Idee, mit dem Manager zu sprechen, keine so gute Idee gewesen war. Unter Mr. Nortons abschätzendem Blick spürte ich, wie ich heftig errötete. Ein Mann bekommt schnell einen falschen Eindruck, wie anständig man sich als Mädchen auch verhalten mag.
»Ich will Interpol einschalten oder sonst Scotland Yard«, sagte ich, »denn eine französische Fotografin, die so einfach verschwindet, das gibt's doch nicht.«
Ich denke, daß Manager großer Hotels einen Kursus im Gästebeschwichtigen machen.
»Ihre, äh, Freundin ist volljährig«, sagte er, »und, wie ich vermute, die blonde Dame, von der Sie sprachen, auch. Es ist nicht alles stimmig, da bin ich Ihrer Meinung, gnädige Frau, aber ein Hilton ist kein Pensionat. Wir können nicht alles kontrollieren und sind nicht, äh, dafür verantwortlich, wenn unsere Gäste sich manchmal nicht in ihren, äh, eigenen Zimmern ausruhen.«
»Du kannst mich mal«, sagte ich auf Niederländisch, und er fragte: »I beg your pardon«.
Ich war so in mein Gespräch mit Mr. Norton vertieft gewesen, daß ich nicht bemerkt hatte, wie jemand durch die Drehtür von draußen in die Lobby gekommen war.

»My charming Tonia«, hörte ich eine Stimme hinter mir. »Ich hatte dich hier nicht mehr erwartet.«
War Einvernehmen in ihrem Blick gewesen, den Achmed und Mr. Norton miteinander austauschten?
»Die Dame hier hatte ein kleines Problem«, sagte Mr. Norton.
Achmed sah mich neugierig an.
»Er weiß recht gut, um was es geht«, sagte ich feindselig. »Er ist einer von ihnen.«
Achmed lächelte orientalisch.
»Madame hat ihre Freundin verloren«, erklärte Norton sehr vereinfacht.
Achmed erinnerte sich bestimmt, daß Marianne etwas mit Frankreich zu tun hatte.
»C'est la vie«, sagte er zu Norton und zwinkerte dabei doppeldeutig.
»Das versuchte ich auch bereits zu erklären«, sagte Norton. »Solche Dinge passieren nun einmal.«
Ich fühlte mich absolut unverstanden.
»Aber der Wäschesack«, versuchte ich noch einmal, dagegen anzugehen. »Ich will Scotland Yard einschalten.«
Achmed lachte, als hätte ich gerade einen guten Witz erzählt. »Sie hat vorhin auf der Party, nun ja, zu viel getrunken«, erklärte er. »Ich bringe Sie zu Ihrem Zimmer, wenn Sie es mir erlauben.«
Norton guckte erleichtert bei diesem Vorschlag. Und da stand ich dann. Ich, Tonia, bin eine sehr emanzipierte Frau. Als ich in den Zwanzigern war, bin ich mit Transparenten losgezogen, auf denen stand, daß Frauen und Männer gleichberechtigt sind. Ich wehre mich stark gegen männliches chauvinistisches Verhalten. Ich kann überhaupt nicht glauben, daß Männer besser die Führung übernehmen können als Frauen. Frauen sollen sich nie, nie schwächer geben, denn das sind wir nicht. Aber der erstbeste Achmed mit Omar-Sharif-Augen läßt mich das alles vergessen.
Ich ließ mich am Ellenbogen packen und mit zum Lift nehmen. Mr. Norton blickte mir mit einem Gesichtsausdruck nach, wie: sieh' an, die ist auch wieder zufrieden. Ich sagte noch schwach: »Aber was ist mit Marianne...?«, als der Lift hochfuhr, und nahm das wissende Augenzwinkern von Achmed ohne Protest auf. Ich gab ihm brav meinen Schlüssel, als er die Tür meines

Zimmers öffnete, und begann, mich schon mal auszuziehen, während er mir ein Gläschen aus der Minibar einschenkte.
Er saß auf meinem Bettrand und sagte: »Mach' dir keine Sorgen, Mädchen, schlaf' jetzt schön. Und morgen ist alles gut.«
Und ich sagte ›verdammt noch mal‹, als er dann die Tür leise hinter sich zuzog, um in sein eigenes Zimmer zu gehen.

3

Ich wurde durch lautes Hämmern an der Tür wach.
»Ja, herein«, rief ich.
Es passierte nichts. Ich guckte schläfrig umher und wußte alles wieder, London, das Hilton und entführte Frauen. Ich wußte dann auch sofort, daß ich das wohl alles nur geträumt haben würde. Diejenige, die an meiner Tür hämmerte, war unverkennbar Marianne.
»Machst du nun auf oder nicht?« rief sie durch die verschlossene Tür.
Ich wußte nicht, wie schnell ich aus dem Bett gekommen war, riß die Tür auf und schloß Marianne in meine Arme, als wäre sie meine verloren geglaubte Tochter.
»Que je suis fatiguée«, sagte Marianne, sich aus meiner Umarmung befreiend. Und so wie bei allen Menschen, die unter höchster Anspannung gestanden haben, gewann bei mir nach der Erleichterung des Wiedersehens der Ärger Oberhand.
»Wo bist du in Gottes Namen gewesen?« brüllte ich in plötzlicher Wut. »Weißt du eigentlich, daß ich deinetwegen furchtbar besorgt gewesen bin?«
»Stell' dich nicht so an«, reagierte Marianne.
Und schon sah es so aus, als hätte in diesem Fall nicht ich, sondern alle drei: mein Frank, Herr Norton vom Management und Achmed, der Araber, Recht gehabt. Marianne hatte nur mal eben irgendwo anders übernachtet.
»Schlampe«, rief ich. »Kannst du nicht ein bißchen auf meine Gefühle Rücksicht nehmen? Ich war völlig durcheinander.«
»Warst du eifersüchtig?« fragte Marianne kühl, während sie zum Haustelefon ging und Kaffee für zwei Personen bestellte. »Beeil' dich mal und zieh' dich an, die Arbeit wartet.«
»Du hättest mich ruhig vorwarnen können, als du heute Nacht weggingst«, sagte ich noch immer bissig. »Ich dachte, du wärest entführt worden, um als weiße Sklavin verkauft zu werden.«
»Du liest zuviel Groschenromane«, antwortete sie. »Oder vielleicht auch nicht genug. Bekir und ich«, sie wartete kurz, um der

Geschichte mehr Nachdruck zu verleihen. Inzwischen hatte sie ihr Kleid von gestern Abend ausgezogen und wühlte im Schrank nach etwas für den heutigen Tag. »Bekir und ich, das ist erst romantisch. Das ist, na ja, es ist eben total.«
Ich hatte mich aufs Bett gesetzt, um ihr zuzuhören und zwischendurch nachzudenken.
»Wie konnten wir dich warnen, als wir weggingen«, fuhr Marianne fort. »Du lagst wie ein Baby auf dem Boden und schliefst mit dem Kopf halb unter dem Stuhl. Es war nett von mir, weißt du, daß ich den Zimmerschlüssel in deiner Tasche ließ. Daß ich einfach so ohne alles mit meinem Freund mitging. Ich hätte ihn auch mit auf mein Zimmer nehmen können. Dann hättest du zu Achmed mitgehen müssen.«
Ich war perplex.
»Ich bin verheiratet«, sagte ich.
Marianne hielt kurz inne und drehte sich zu mir um, sah mich von oben bis unten mit einem Gesicht wie ›Wie ist es nur möglich‹ an.
»Ah, oui«, sagte sie, »ah oui, wenn du meinst. Nun, zieh' dir etwas an und öffne dem Kellner. Ich muß mal ein Viertelstündchen ins Bad.«
Sie machte die Tür nicht zu, und so erzählte ich, ohne ihre Reaktionen sehen zu können, meine Erfahrungen der vergangenen Nacht.
»Sie lag auf der Couch«, erzählte ich, »und meiner Meinung nach war sie tot oder vielleicht auch betäubt.«
»Du warst noch nicht ganz nüchtern«, erklang es aus dem Badezimmer.
»Und der Gastgeber, dieser Machmuth, blieb mit im Badezimmer und sprach mit mir«, sagte ich, »und als ich zurückkam, war Vicky fort.«
»Vielleicht hast du Gespenster gesehen«, äußerte Marianne.
»Sie war im Wäschesack dieses Gastarbeiters«, sagte ich.
»Und sogar dann ist es nicht dein Problem«, fand Marianne.
Das ist auch wieder so etwas Französisches an ihr, als Französin kümmert man sich nicht um Dinge, die einen nichts angehen. Sie kam aus dem Badezimmer, und ich konnte es kaum glauben: die Nacht nicht geschlafen, aber so frisch und schön wie der junge Morgen.
»Nun tu' etwas mit dir«, empfahl sie mir.

Ich brauchte weniger Zeit als sie, aber das Resultat war dann auch danach. Doch zeigte sich später, daß Marianne noch viel über das, was ich erzählte, nachgedacht hatte. Im Taxi nach Chelsea, wo Miss Victoria Winters alias Lady Isobel wohnte, kam sie indirekt auf meine Geschichte zurück...

»Sag mal, Tonia, nachdem du die letzten Male Leichen gefunden hattest, bist du da eigentlich zum Psychiater gegangen, um alles zu verarbeiten und so...?«

Ich hielt mich zurück, obwohl ich böse wurde. Sie dachte also, daß das, was mir vorher passiert war, mich ein bißchen verrückt gemacht hatte. Daß ich auf einmal überall Tote sah, wo gar keine waren. Es gibt auch so wenig dagegenzusagen. Ein Verrückter behauptet immer steif und fest, daß er nicht verrückt sei. Wenn ich also jetzt sagen würde, daß ich keine Gespenster sähe, wäre das sehr verdächtig.

»Ach, laß man«, sagte ich müde.

»Das Mädchen wohnt nett«, sagte Marianne mit ein bißchen Neid in ihrer Stimme, als wir in eine Straße mit hohen renovierten Luxushäusern bogen.

»Laß' mich mal die Adresse sehen«, und dann etwas beruhigt: »vierte Etage, unterm Dach also.«

Ich zahlte das Taxi und fragte mich, warum ich Marianne heute schon mitgenommen hatte. Morgen sollte doch erst der Fototermin sein, heute nur das Interview. Und auch wenn Marianne ihr Bestes tut, manchmal kann sie mich deprimieren.

Ich klingelte, und wir warteten.

»Die liegt natürlich noch in den Federn«, sagte Marianne trocken, »Schauspielerinnen gehen spät zu Bett.«

Gerade als ich nochmals klingeln wollte, wurde die Tür von jemandem geöffnet, der offensichtlich raus wollte. Der Bewohner von der ersten, zweiten oder dritten Etage. Er guckte uns mit hochgezogenen Augenbrauen an. Es war ein witzig aussehender Mann, so'n bißchen ein älterer Beatle. Also wurde Marianne sofort Pariserin.

»Wir sind von der internationalen Presse«, sagte sie und lachte ihn Colgate-weiß an. »Was für eine Ehre muß es für Sie sein, mit einer so berühmten Schauspielerin in einem Haus zu wohnen.«

Dabei ging sie einen Schritt vor, so daß sie beinahe schon drinnen war. Der Mann wußte darauf keine Antwort, er schoß

kopfscheu an uns vorbei und ließ uns in der offenen Tür stehen.
»Aber müssen wir nicht noch einmal klingeln?« fragte ich, denn auch, wenn ich eine richtige Journalistin bin, bin ich doch nicht dreist.
»Wir klopfen oben noch mal, wir klopfen sie schon aus dem Bett«, rief Marianne schon halbwegs auf der ersten Treppe. Ich ging hinter ihr hoch. Die hofft, ihr Opfer mit strähnigem Haar, verwischter Wimperntusche oder in Gott weiß was für einer kompromittierenden Situation anzutreffen, dachte ich beim Hinaufgehen. Auf der zweiten Etage wartete Marianne, bis ich sie eingeholt hatte. »Also doch unterm Dach«, sagte sie in zufriedenem Ton, während wir die nächste Treppe in Angriff nahmen. Da lag etwas, was dort nicht hingehörte. Eine silberne Abendsandalette lag auf einer Stufe auf halber Höhe der Treppe. Marianne nahm sie mit einem abschätzenden Blick hoch. Sie ist selbst sehr ordentlich, ihre Schuhe stehen stets sauber nebeneinander unter ihrem Bett. Wie spät und in welchem Zustand sie auch immer nach Hause kommen mag.
»Sie ist eine Schlampe«, stellte Marianne fest. Und anschließend: »Die ist also gestern abend betrunken nach Hause gekommen. Deshalb hat sie die Klingel nicht gehört.«
Es verhielt sich jedoch anders. Victoria war nicht wirklich nach Hause gekommen, nur hingebracht worden. Sie lag unten an der vierten Treppe, als wäre sie zufällig ausgerutscht und hingefallen, aber ich wußte es besser. Das Kleid, das Marianne so ›lala‹ gefunden hatte, war an einer Seite aufgerissen. Der so bewunderte Pelzmantel lag neben ihr, als wäre er von ihren Schultern geglitten. Der andere Schuh saß noch an ihrem Fuß.
Ihre Augen waren noch genauso weit offen wie beim letzten Mal, als ich sie gesehen hatte. Victoria Winters alias Lady Isobel alias Vicky, die Zuhälterin.
»Ich wußte, daß ich sie schon mal gesehen habe«, war Mariannes erste Reaktion. »Klar, daß ich es wußte, aber so eine Siebzehntes-Jahrhundert-Perücke verändert so ein Gesicht.«
»Polizei«, war meine Reaktion, und ich fing an, auf der dritten Etage gegen eine Tür zu hämmern, während Marianne scheinbar aus dem Nichts, eine kleine Kamera zauberte, und, als hätte sie Eile, ihren Beruf auszuüben begann.
»Siehstduwohldaßichrechthatte«, schrie ich, gerade in dem

Moment, als die Tür aufgerissen wurde und ein böses Männergesicht erschien.
»N' Job«, hörte ich Marianne murmeln.
»Es wird wohl mit ihrem Job zu tun haben, klar. Schließlich wurde sie gestern ermordet, als sie bei der Arbeit war«, antwortete ich.
»Diese Serie läuft in allen Ländern Europas«, erwiderte Marianne. »Stell' dir mal vor, was mir das einbringen wird.«
»What's the matter?« fragte der Mann, der gerade geöffnet hatte. Er verstand eindeutig nichts von all dem Geschrei in einer Sprache, die ihm wie Gekrächze in den Ohren klingen mußte. Ich hatte durch die Aufregung mein Englisch kurzfristig vergessen.
»Komm schnell«, schrie ich und griff den überrumpelten Engländer fest an seiner Pyjamajacke und zerrte ihn die Treppe rauf.
»Look«, rief ich dann.
»Victoria«, rief der Mann pathetisch, und es schien beinahe, als wolle er sich auf die Leiche stürzen. »My dear Victoria.«
»Was für ein Prachtstück«, sagte Marianne neidisch und machte noch schnell ein Foto von dieser herzzerreißenden Szene.
Dann ging alles sehr schnell. Der Mann stellte sich als der Nachbar Brian vor. Er nahm Marianne und mich mit in seine Wohnung, rief die Polizei an und, während wir warteten, kochte er für uns drei Tee.
Manchmal habe ich den Eindruck, daß Marianne mehr Journalistinnenblut in ihren Adern hat als ich. Oder vielleicht kann man das normal Sachlichkeit nennen.
»Horch' den Mann mal aus«, flüsterte sie mir zu. »Mensch, das verkaufen wir so, daß wir ein Bombengeschäft damit machen.«
»Das ist unmoralisch«, sagte ich.
»Hast du gesehen, wie ihn das mitgenommen hat? Er hat bestimmt was mit ihr. Er weiß nicht, daß wir Journalistinnen sind, also kannst du ihn leicht aushorchen.«
In der Küche hörten wir den Kessel pfeifen.
»Guck' mal«, sagte Marianne, »guck' mal«, und hoppla, schon wieder blitzte die Kamera. Was sie aufnahm, war eine ganze Wand voller Victorias. Fotos gegen und übereinander geklebt. Victoria als Lady Isobel, Victoria als Teenager mit Ratten-

schwänzen, mit einer Flasche Limonade in der Hand, als machte sie dafür Werbung. Vicky auf einer Schaukel, schön wie ein David-Hamilton-Mädchen. Vicky auf dem Titelblatt von *Vogue,* bildschön geschminkt, geheimnisvoller Blick ins Unendliche.

»Ich habe sie hundert Mal vor dieser verdammten Treppe gewarnt«, sagte Brian, als er mit einem Tablett, auf dem drei Tassen mit Tee standen, aus der Küche kam.

»Sie ist nicht die Treppe hinuntergefallen«, sagte ich und zuckte zusammen, weil Marianne mir einen Tritt gegen mein Bein versetzte.

Brian schien mich nicht gehört zu haben.

»Ich sagte immer zu ihr: zieh' deine Schuhe auf dieser engen Treppe aus.«

»Sie hatten sicher ein Verhältnis mit ihr«, sagte Marianne mit einer Handbewegung zur Fotowand.

Auch jetzt schien Brian nichts zu hören.

»Sie sind sicher die Journalistinnen aus Holland?« sagte er.

Aus meinen Augenwinkeln heraus sah ich, daß Marianne enttäuscht zu sein schien.

»Sie sagte gestern noch, daß sie früh ins Bett gehen wollte, um frisch zu sein, wenn ihr kommt.«

»Sie ging aber nicht früh zu Bett«, sagte Marianne. »Sie hat ein Abendkleid an.«

»Vielleicht hatte sie einen Fototermin«, sagte Brian, »das hat sie oft. Als ich um zwölf Uhr nach Hause kam, lag sie vielleicht schon da auf der Treppe. Es war alles dunkel bei ihr oben.«

Ich dachte an Vicky gestern abend. Es war sicher weit nach zwölf, als ich sie noch als strahlende Gastgeberin auf der Party im Hilton gesehen hatte. Mitfühlend sah ich zu Brian, der ein Mädchen lieb gehabt zu haben schien, das nicht auf dem rechten Pfad gewandelt war.

»Verdienen Schauspielerinnen in England so viel, daß sie sich so einen ausgefallenen Pelzmantel leisten können?« fragte Marianne mit spitzem Mund.

Brian brauchte hierauf keine Antwort zu geben, denn in diesem Augenblick klingelte es, und die Polizei trat ein.

Hatte ich Bobbys erwartet, behelmt und freundlich und gutmütig, von einem Bein auf's andere wippend? Oder väterliche Typen, die interessiert warten würden, bis ich meine Geschichte

erzählt hatte? Was auch immer, ich sah mich jedenfalls getäuscht.
»Quite obvious«, sagte ein mageres Männchen, das nicht das erwartete Harris-Tweed-Jackett anhatte und noch nicht einmal eine Collegekrawatte trug. Er hätte in seinem grauen Anzug mit marineblauer Krawatte Holländer sein können. »Die Dame ist oben an der Treppe ausgerutscht und bis zur Hälfte wieder heruntergerollt. Sehen Sie sich doch mal das aufgerissene Kleid an und wie der Mantel im Verhältnis zum Körper liegt.«
»She is killed, you know«, sagte ich.
»Sicher, sicher, she is dead«, sagte das Männchen, das sich chief-inspector Smith nannte, und sah mich an, wie ein Engländer jemanden ansieht, der versucht seine Sprache zu sprechen.
»Der Name ist Victoria Winters«, sagte Marianne.
»How do you do«, sagte Mr. Smith. »Sie haben sie also gefunden.«
»Ich bin Marianne Dujardinier«, sagte Marianne und streckte ihre Hand aus.
Mr. Smith fiel das nicht auf, da er mit einem angeknabberten Bleistift gerade etwas in ein Notizbuch schrieb.
»Da siehst du, daß es mit der englischen Wirtschaft nicht gut steht«, sagte Marianne kopfschüttelnd zu mir. »Dein Freund und Helfer bekommt in diesem Land nicht mal einen Kugelschreiber.«
»I beg your pardon«, sagte Mr. Smith. »Gerade sagten Sie, daß Sie Victoria Winters heißen, und jetzt nennen Sie sich Marianne ähhh?«
»Sie ist Victoria Winters«, sagte Marianne, auf das gefallene Mädchen zeigend, »und ich bin Marianne Dujardinier.«
Mit einem irritierten Gesichtsausdruck strich Mr. Smith etwas in seinem Notizbuch durch.
»Kannten Sie die Verunglückte?« fragte er.
»Ja«, sagte ich.
»Das heißt ...«, sagte Marianne.
»Wer kannte Victoria nicht?« sagte Brian. »Sie war unsere Lady Isobel.«
»Aha«, sagte Mr. Smith und guckte verständnislos.
»Eigentlich haben die Damen nichts damit zu tun«, fuhr Brian fort. »Victoria war ein internationaler Star, wissen Sie, und die

Damen aus Holland kamen nur, um sie zu interviewen, sonst nichts.«
»In welchem Hotel sind Sie abgestiegen?« fragte Mr. Smith und schrieb auf, daß wir im Hilton wohnten.
»Diese Araber haben es getan«, sagte ich. »Das weiß ich bestimmt.«
Mr. Smith sah mich mißbilligend an und wollte mich wiederum falsch verstehen.
»Yes«, sagte er, »indeed, im Hilton gibt es viele Araber. Sie kaufen unsere Stadt auf, wissen Sie. Sie sind schuld an unseren wirtschaftlichen Problemen. Danke für Ihre Mitarbeit, meine Damen, wenn wir Sie brauchen, wissen wir, wo wir Sie erreichen können.«
Brian telefonierte nach einem Taxi und sowohl Mr. Smith als auch er guckten einigermaßen erleichtert, als wir die Treppe hinabstiefelten. Gerade als unser Taxi in eine Seitenstraße einbog, sah ich einen Krankenwagen mit heulenden Sirenen angefahren kommen.
»Exit Lady Isobel«, sagte Marianne.
»Aber sie wurde ermordet«, sagte ich sehr bestimmt. »Wir müssen zum FBI oder was weiß ich, wie die Leute hier heißen.«
»Vielleicht schlief sie ein bißchen, als du sie auf der Couch liegen sahst«, sagte Marianne, »und ist wirklich die Treppe runtergefallen.«
Ich wußte, daß mir niemand glauben würde.
»Heute abend wieder zu Hause«, sagte ich, und der Gedanke, nach Heathrow zu fahren, nach Hause zu fliegen und heute nacht schön gemütlich an meinen Frank gekuschelt einzuschlafen, kam mir auf einmal sehr verlockend vor. Frank würde meiner Geschichte bestimmt zuhören, Frank würde mir auch glauben. Er wußte zumindest, daß ich sehr in Ordnung und lange noch nicht verrückt bin. Er würde sagen: ›Tonia, Mädchen, du hast natürlich vollkommen recht, aber was kannst du daran ändern ...‹ Und wir würden wieder zu den Alltagsdingen übergehen.
»Nach Hause? Bist du verrückt?« fuhr Marianne hoch. »Ich habe heute abend eine Verabredung mit Bekir.«
Ich konnte nicht anfangen zu pöbeln, denn inzwischen hatte das Taxi vor dem Hilton gehalten, und ein galanter Portier half uns heraus.

»Wir haben hier nichts mehr zu tun«, sagte ich, während wir über den roten Plüschteppich zur Rezeption gingen.
»Two messages for you«, sagte der bellboy, und Marianne griff begierig danach.
Pech für sie, beide Nachrichten waren für mich und lauteten beinah gleich. In dem einen Umschlag lag eine Visitenkarte und ein Brief. Unterschrieben war der Brief mit einem Namen, den ich nicht aussprechen konnte, aber als Herrn Buddha Rubin entzifferte, der mit mir Tandori-Chicken essen wollte. Der andere enthielt auch eine Einladung, und zwar von meinem Freund Achmed. Er fragte, ob ich ihm die Ehre erweisen würde, mit ihm zu dinieren.
»Die können mich mal, ich fahre nach Hause«, sagte ich.
»Der Herr Rubin war eigentlich sehr nett«, fand Marianne, »und ich habe bestimmt noch etwas Nettes für dich zum Anziehen, wenn ich mal nachschaue.«
»Tu' ruhig, was du nicht lassen kannst, von mir aus kannst du in die Sahara umziehen«, sagte ich, »aber ich liege heute nacht in meinem eigenen Bett.«
Ich hätte natürlich so handeln müssen, hätte meine Koffer packen, die Tür zuknallen und abreisen sollen. Aber ich bin nun mal so eine, die sich immer brav an- und abmeldet. Ich bin zu gewissenhaft und korrekt. Ich rief vom Hotelzimmer aus unseren Chefredakteur an, wahrscheinlich in der Hoffnung, daß er sagen würde: ›Marianne und du, hopp, alle beide nach Hause, da ihr doch nichts mehr dort zu tun habt. Lady Isobel tot, schade, also kein Artikel.‹
Wollte ich meiner Schwester Hüterin sein oder gegen sie arbeiten, als ich mit der Idee anrief, daß nicht nur ich, sondern auch Marianne zurückgepfiffen werden sollte. Es kam alles ganz anders.
»Kind«, rief Kees quer über die Nordsee herüber, »was für ein Glück, was für eine Nachricht. Wir reservieren gleich sechs Seiten. Du sprichst mit ihren Eltern, ihren Freunden und ihrem Agenten. Guck' nicht auf Kosten, Mädchen, und geh' zum Begräbnis. Laß' Marianne fotografieren, was sie will, ich vertraue auf ihre richtige Nase.«
Lady Isobel, die genauso wie in der Fernsehserie durch einen Unfall ihr Leben läßt. Kann es etwas Schöneres für ein Zeit-

schriftenimperium geben? Niedergeschlagen rief ich Frank an und redete bestimmt eine Viertelstunde lang.
»Tonia«, sagte Frank, »Liebes, ich glaube, du mußt diese Sache zu Ende führen. Sonst läßt sie dich doch nicht in Ruhe. Geh' wirklich zu Scotland Yard und erzähle schön ruhig deine Geschichte. Frage eventuell nach einem Dolmetscher.«
»Als ob mein Englisch nicht gut genug ist«, fuhr ich hoch.
»Für alle Fälle«, besänftigte mich Frank, »und tu', was Kees sagte. Sprich mit jedem, als würde dich das nur als Journalistin interessieren, aber sprich auch mit Scotland Yard.«
»Müssen wir nun nach Hause?« fragte Marianne, als sie in ein Badehandtuch gewickelt aus dem Badezimmer kam, »oder gehst du mit Buddha aus?«
»Wir haben einen Auftrag«, sagte ich düster, aber verbissen, und wählte die Nummer von Achmeds Zimmer, »und mit Buddha gehe ich nicht essen, das ist sicher.«

Ich war an diesem Abend sehr schön, und nicht in einem von Mariannes Kleidungsstücken. Es war also gerade halb zwölf vormittags gewesen, als ich in Achmeds Zimmer anrief, um die Verabredung zu bestätigen.
»How lovely, my beautiful«, sagte Achmed, »dann können wir zu viert ausgehen.«
»Dieser Achmed ist zu viel Mann-von-Welt für dich«, sagte Marianne, »und du mußt nicht denken, daß ich mir heute abend wieder ein Kleid ruinieren lasse.«
»My love, hat er gesagt«, erzählte ich herausfordernd. Ich begutachtete mich im Spiegel und sah im Hintergrund Marianne, die verächtlich durch die Nase schnaubte. Sie tut das manchmal, und mich macht es jedesmal rasend.
Ich kriege dich schon, dachte ich, und fragte katzenfreundlich, was sie den restlichen Tag zu tun beabsichtige.
»Schlafen«, sagte sie, und das gefiel mir.
Ich sagte, daß ich etwas durch die Stadt bummeln wolle und nahm ein Taxi nach Harrods.
›Du sprichst mit jedem, der Victoria gekannt hat‹, hatte Kees gesagt.
Nun, ich würde es ihm zeigen. Er hatte mich ins Hilton verfrachtet und wollte, daß ich länger blieb. Welche Journalistin kann in einer so schicken Umgebung in zwei schäbigen Hosen

auftreten. Ich kaufte ein Kleid, mein erstes seit zehn Jahren. So eines aus Wolltweed mit schmal geschnittenem Rock. Ich kaufte einen Pullover und eine echt seidene Bluse. Ich kaufte ein schwarzes Abendkleid. So'n bißchen Charleston mit Fransen und schmalen Trägern. Ich kaufte Nylons mit Tupfenmuster und Abendschuhe, und, weil ich schon mal dabei war, ein paar modische Lackstiefel für tagsüber. Jedes Mal, wenn ich mich beim Anprobieren selbst im Spiegel sah, dachte ich: hm, und deshalb kaufte ich einen BH. Frank würde mich nicht wiedererkennen. Ich war fast nicht mehr ich selbst.

Aber die echte Metamorphose vollzog sich erst dann, als ich unten im Friseursalon des Hilton saß. Mein Friseur war ein Grieche. Er hielt mein Kinn fest und drehte meinen Kopf nach allen Seiten. Dann sagte auch er: hm.

Ich bin diesen Menschen gegenüber immer so verlegen.

»Wie möchten Sie es gerne haben?« fragte der Grieche düster.

»Sie können alles mit mir machen, was Sie wollen«, sagte ich kleinlaut und errötete.

Sein ganzes Gesicht klärte sich auf. Er klatschte in die Hände – und sieh an: ein Fräulein brachte eine Schere. Eine andere brachte einen Kamm. Eine dritte brachte einen undefinierbaren Apparat, und während diese Damen atemlos zuschauten, begann der Friseur, mir fast alle Haare vom Kopf zu schneiden. Und ich wagte nicht zu protestieren. Als sie später gefärbt und mit einer Dauerwelle versehen wurden, sah ich mich glücklicherweise nicht, aber es war mir ängstlich zumute.

Das war nicht nötig. Als sich der Friseur wieder persönlich um mich bemühte, war ich ein anderer Mensch geworden, ein hübscherer. Ich hatte kleine feuerrote Löckchen über meiner Stirn, meinen Ohren und im Nacken. Gerade als ich erfreut feststellte, daß ich jetzt, ja wirklich, Josephine de Beauharnais glich, beugte sich der griechische Friseur zu meinem Ohr herunter.

»Sie sehen natürlich fabelhaft aus«, sagte er, »aber es könnte etwas an Ihren Augenbrauen getan werden.«

Ich war kurz verärgert. Was kritisierte er, verdammt noch mal, meine Augenbrauen? Sie waren breit, schwarz und wuchsen schon sechsunddreißig Jahre genauso, wie sie wollten. Ich konnte sie prima zusammenziehen, wenn ich wütend war, und hochziehen, wenn ich etwas mißbilligte. Meine Augenbrauen paßten genau zu meinem Image eines frischen jungen Mädchens. Nun ja, sie paßten aber nicht zu einer roten Empire-Frisur, und wenn ich ehrlich bin, so jung und frisch war ich auch nicht mehr. So gingen sie also zu Zweidrittel verloren, als ich bei der Schönheitsspezialistin eine komplette Behandlung bekam. Und ich kaufte von allem, was sie mir auf's Gesicht schmierte, auch noch eine ganze Tube, ein Töpfchen oder einen Stift für den eigenen Gebrauch, während ich mir verzweifelt einzuprägen versuchte, wohin und worauf genau ich nun alles schmieren mußte.

»Anything else?« fragte die Schönheitsspezialistin.

Und mein eigenes Spiegelbild machte mich so übermütig, daß ich mich auch noch zu einer Maniküre entschloß. Die Frage, ob ich dieses auch noch auf meine Spesenrechnung setzen konnte, stand gar nicht mehr zur Debatte. Verdammt, wenn Kees es nicht bezahlte, bezahlte ich es eben selbst. Verdiente ich denn nicht außergewöhnlich gut? Achtlos sah ich auf die Rechnung und holte mit meinen hellrot lackierten Fingernägeln meine American-Express-Karte aus ihrem Etui. Und es war keine Einbildung von mir. Die Bewegung war eleganter, subtiler und sicher schicker, als vor meiner Metamorphose. Was sind sechshundert Gulden für das Äußere, wenn man damit außerdem Selbstvertrauen kauft.

Ich beschloß, mein neues Äußeres erst einmal an Marianne auszuprobieren. Ich klingelte sie aus dem Bett.

»Es ist fünf Uhr nachmittags«, sagte ich. »Komm in die Patio Tee trinken, im ersten Stock.«

Ich war ehrlich ein bißchen ängstlich, denn Marianne ist wirklich sehr nett, aber nicht immer ganz frei von Neid. Und was sollte ich in Gottes Namen tun, wenn Marianne mich schrecklich finden würde? Ich hatte Lust, an meinen Nägeln zu kauen, während ich hinter meinem Tee saß und auf sie wartete, aber das durfte ich nicht mehr. Runzeln ist auch nicht mehr erlaubt, hatte die Schönheitsspezialistin gesagt, denn daher hatte ich die Falte zwischen meinen nun so schmalen Augenbrauen. Ich zupfte an meinem Haar, daß sich fremd anfühlte.

Als Marianne hereinkam, blickte sie glatt über mich hinweg. Ich stand auf und winkte. Sie sah mich und guckte kurz, als würde sie nicht begreifen. Ihre Augen wurden größer, sie sperrte ihren Mund auf. Dann ging sie auf mich zu.

»Fantastisch«, sagte sie, »wie fantastisch«, und ließ sich auf dem Stuhl neben mir nieder. »Kind, ich werde dich fotografieren, es ist nicht zu glauben. Bist du es wirklich?«
In diesem Augenblick ließ ich nichts auf Marianne kommen. Dann gingen wir über zu den Tagesproblemen. »Weißt du«, sagte Marianne und trank bedächtig ihren Tee, »ich habe heute nachmittag nicht so gut schlafen können. Ich habe nachgedacht.«
»Worüber?« fragte ich und erwartete mehr oder weniger, wieder eine der-Mann-meines-Lebens-Geschichte zu hören.
»Victoria«, sagte Marianne zu meiner Überraschung. »Ich glaube nämlich, daß du vollkommen recht hast, zumindest zu einem Teil. Schließlich bist du nicht verrückt. Wenn du sagst, daß Victoria gestern nacht schon tot war, dann ist das so. Du warst bestimmt ganz schön betrunken, aber verrückt bist du nicht. Und auch nicht wirklich hysterisch. Gut, nehmen wir also an, daß Victoria der Tod nicht auf der Treppe traf. Wie dann? Unter Drogen gesetzt, sagst du. Eventuell eine Überdosis. Vielleicht. Aber wie und zu allererst, warum? Heute morgen, als ich auf unser Zimmer zurückkam, warst du hoch und heilig davon überzeugt, daß sowohl Victoria als auch ich in den Orient entführt worden waren. Warum?
»Durch die ganze Situation«, sagte ich, »und wegen der Gesellschaft, in der wir uns befanden.«
Marianne steckte sich eine Zigarette an und sah nachdenklich vor sich hin. Nickte dann.
»Araber«, sagte sie, »fast alle. Bis hin zu den Bediensteten. Aber es waren auch Europäer anwesend, weißt du.«
»Die Mädchen«, sagte ich, »die Call-girls.«
Marianne schüttelte den Kopf.
»Nicht nur«, sagte sie. »Es waren zwei oder vielleicht drei englische Herren da. Ich wurde ihnen nicht vorgestellt, aber es könnten Geschäftsleute gewesen sein, nach ihren Anzügen zu urteilen.«
»Victoria kannte jeden«, sagte ich. »Sie war so eine Art Gastgeberin.«
Marianne nickte.
»Sie fragte uns, für wen wir arbeiten«, erinnerte sie sich.
»Sie sagte, daß sie wohl etwas für uns tun könnte, wenn wir mehr, äh, Arbeit wollten«, ergänzte ich.

»Sie dachte, daß wir auch, na ja, ›solche‹ wären.«
So beleidigt Marianne deswegen gestern nacht gewesen war, so beherrscht blieb sie jetzt.
»Eine Agentur«, sagte sie, »Victoria mußte eine Agentur haben oder zu einer gehören.«
Sie holte ein Notizbuch aus ihrer Tasche und schlug eine saubere Seite auf. ›Victoria‹ schrieb sie oben in großen Buchstaben hin. Darunter: Agentur, mit einem Fragezeichen.
»Frank sagt, ich müßte zu Scotland Yard gehen«, erzählte ich.
Marianne runzelte die Stirn, schüttelte dann ihren Kopf.
»Warten«, sagte sie, »erst versuchen, mehr Informationen zu bekommen.«
Danach schrieb sie neben den Namen Victoria: wie und warum? Mit einem großen Fragezeichen dahinter.
Die Patio war ziemlich leer gewesen, als ich ankam, hatte sich inzwischen aber mit Gästen gefüllt, die nicht nur Tee tranken. Unwillkürlich dachte ich an gestern, als wir Victoria hier zum ersten Mal gesehen hatten.
»Was machte Victoria danach?« fragte Marianne. »Ich meine, nach Lady Isobel.«
»Keine Ahnung«, sagte ich. »Lady Isobel ist hier vor fast zwei Jahren über den Bildschirm gelaufen.«
»Arbeitslos«, schrieb Marianne auf, mit wiederum einem Fragezeichen.
Ich verfolgte mit meinen Augen einen kleinen, dicken dunkleren Mann, der einen Tisch suchte.
»Verdammt«, sagte ich.
Marianne sah auf.
»Wie spät ist es jetzt und wann haben wir uns mit den beiden Säcken verabredet?« fragte ich.
Marianne war schockiert. Ihr Gefühl für Bekir war unübersehbar doch nicht oberflächlich.
»Halb neun«, sagte sie mit einem Anflug ihrer alten Eiseskälte.
»Wir bleiben hier sitzen«, sagte ich, »und trinken Tee. Ein Hotel ist ein Hotel. Und man trifft sich doch immer wieder, mag das Hotel auch noch so groß und luxuriös sein. Buddha Rubin ist gerade hereingekommen, und wenn wir etwas Geduld haben, kommen die anderen von selbst. Dieser Machmuth, der der Gastgeber war, und all die anderen Typen.«

»Erkennst du sie wieder?« fragte Marianne skeptisch. »Und wenn sie jetzt schon kommen, was dann?«
»Dann greifen wir sie«, sagte ich ein bißchen in meiner alten junges-frisches-Mädchen-Haltung.
Marianne guckte weiterhin skeptisch, und zwar die ganze folgende Stunde. Und es kamen auch keine Machmuths oder Konsorten vorbei. Sondern das Mädchen Maurene, das die Regeln der Prostitution so gut auswendig wußte.
Sie stand im Entrée der Patio und sah verlegen in die Runde.
»Das ist sie«, sagte ich zu Marianne.
»Wer?« fragte sie.
»Dingsbums«, sagte ich.
»Ach ja«, sagte Marianne in völligem Unverständnis.
»Die war gestern abend da«, teilte ich mit.
Marianne nimmt meistens keine anderen Frauen wahr, und ganz sicher keine, wenn sie verliebt ist.
»Weißt du das genau?« fragte sie zögernd. »Sie sieht so, na ja, brav aus.«
Das Kleid, das Maurene anhatte, war unverkennbar ihr Arbeitskleid, denn es war das gleiche wie gestern abend. Es sah wie das Sonntagskleid eines Bauernmädchens aus. Brav, ja sicher; aber vielleicht für Männer, die nicht so an glamour-girls gewohnt waren, sehr vertrauenerweckend.
Buddha Rubin zumindest stand galant auf, als Maurene zu seinem Tisch geführt wurde, gab ihr die Hand und lachte strahlend.
»Und nun ich«, sagte ich zu Marianne und stand resolut auf.
In vollem Bewußtsein meines neuen Ichs durchquerte ich mit eleganten Schritten die Patio und steuerte schnurstracks auf Buddhas Tisch zu.
»Hallo«, sagte ich und ließ keinen Zweifel daran bestehen, herzlich willkommen geheißen zu werden. Ob er mich erkannte oder nicht erkannte, wurde nicht ersichtlich, Buddha war ein Herr.
»Ähmm«, sagte er verlegen.
»Ich bin die Lady aus der Bar von gestern abend«, erklärte ich, »und sorry, daß ich Ihr Briefchen zu spät bekam. Ich bin gerade ins Hotel zurückgekehrt und war delighted von Ihrer Einladung, mit Ihnen zu essen.«
Buddha guckte ziemlich verwirrt von mir zu Maurene. Maurene

ihrerseits guckte an uns vorbei, als ginge sie die Konversation überhaupt nichts an.
»Leider habe ich heute abend schon eine Verabredung«, beruhigte ich Buddha, was ihn sichtbar erleichterte.
»Darf ich Sie – wie heißen Sie doch noch – vorstellen?« sagte er.
»Maurene«, sagte sie automatisch.
Worauf ich sehr überschwenglich wurde. Aus Entfernung verfolgte Marianne mit Interesse die Szene.
»Aber wir kennen uns doch«, rief ich fröhlich aus.
Maurene hatte tatsächlich eine wirklich gute Erziehung genossen.
»I beg your pardon«, sagte sie höflich. »Im Moment erinnere ich mich nicht.«
»Gestern abend«, half ich ihr auf die Sprünge. »Gestern abend auf der Party.«
Verständnislos sah sie auf meine roten Löckchen.
»Bei Vicky, weißt du.«
Ein Funke von Erinnerung kam in ihren Blick.
»Vicky is allright«, sagte sie, »sie suchte immer gute Kunden aus.«
»Du arbeitest also für sie?« fragte ich hoffnungsvoll.
»Manchmal«, sagte Maurene, »manchmal.«
»Welche Adresse und Telefonnummer hat sie?« versuchte ich.
Maurene zog die Schultern hoch.
»Sie ruft mich an«, erzählte sie.
»Darf ich Ihnen etwas anbieten?« fragte Buddha.
»Will er nun mich oder will er dich?« fragte Maurene etwas weniger gleichgültig, als sie bisher gewesen war. »Er hat meinen Agenten angerufen, und wenn er sich jetzt zurückzieht, wie soll ich das denn erklären?«
»Ich gehe gleich«, sagte ich ihr. »Ein Martini on the rocks«, bestellte ich optimistisch.
Buddha strahlte und schnippte mit seinen Fingern auf die Art, die ich von ihm schon kannte. Mit zwei Frauen fühlte er sich eindeutig als Mann-von-Welt.
»Was möchtest du trinken?« fragte er Maurene.
»Do you want love before dinner or only after, or both?« fragte sie ernsthaft.
»Before too«, sagte Buddha mit einem scheuen Blick auf mich.

»Dann kann ich schon ein Schnäpschen vertragen«, beschloß Maurene, düster auf Buddhas dicken Bauch schauend.
Ich sah kurz zur anderen Seite und fing ein Augenzwinkern von Marianne auf, das mir Mut machte.
»Aber wenn du Vickys Nummer nicht kennst, wen rufst du dann an, wenn du Arbeit willst?«
Maurene fand die Frage dumm.
»Meinen Agenten«, sagte sie. »Who else?«
Und dann, mit etwas Stolz: »B. Slocumb, you know.«
Ich kannte diese Betonung und wußte, was sie bedeutete. Auf was Menschen nicht alles stolz sind. Ich arbeite für *Avenue* und wirklich nicht für die *Story*. Ich bin Verkäuferin bei *Bijenkorf*, und das steht meilenweit über *Hema*. Ich bin Sklave eines Millionärs, stehe also höher als der Sklave eines Lebensmittelhändlers. B. Slocumb mußte jemand sein in der Welt der Prostitution. Ich merkte mir den Namen und trank meinen Martini, den ich bestellt hatte, weil er zu meinen roten Löckchen paßte und nicht, weil er mir schmeckte.
»Wollen wir nicht mal miteinander reden, vielleicht kann ich etwas für dich tun?« schlug ich Maurene vor. Sie schien echt interessiert.
»Bist du auch Sub-Agent?« mit einem Ton, wie ›Das hätte ich nicht gedacht‹.
Überrascht zog ich meine neuen Augenbrauen hoch, auch wenn die Schönheitsspezialistin mir das verboten hatte.
»Genau wie Vicky«, sagte sie, »genau so wie Vicky, die arbeitet eigentlich auch für B. Slocumb, aber natürlich höher als ich.«
Sie verstand mich falsch, und ich ließ es so stehen.
»Allright«, sagte ich vage.
Auch Buddha hatte es falsch verstanden. Er guckte erfreut.
»Aber das ist eine male-fantasy«, rief er entzückt. »Zwei Frauen, darf ich Sie heute abend vielleicht einladen? Die Belohnung ist gut. Ich wagte Sie nicht auch noch zu bestellen, aber jetzt sind Sie ja hier.«
Ich ignorierte ihn vollkommen, doch wurde mir auf einmal ganz heiß. Vor allem, als Maurene auch Ohren dafür zu haben schien.
»Du vor dem Essen und ich danach«, schlug sie hoffnungsvoll vor.

Buddha war sichtlich gewohnt, eine Absage für diesen Vorschlag zu bekommen, er trug es wie ein Mann.
»Meine Freundin dort«, sagte ich und wies auf Marianne, »wir haben bereits eine Verabredung.«
»Ein anderes Mal«, gab er trotzdem nicht auf.
»Who knows?« legte ich mich nicht fest.
Schließlich kann man so einen Mann nicht richtig beleidigen.
Maurene gab mir ihre Nummer, aber nicht die ihres Agenten.
»Wenn du wirklich etwas für mich hast, mach' ich es lieber schwarz«, sagte sie. »Wenn es durch drei geht, bleibt nicht viel übrig, weißt du.«
Ich verschluckte mich an meinem Martini bei dem Gedanken, daß sie wirklich zu denken schien, ich würde in Damen handeln. Aber trotzdem ließ ich es so stehen. Redete noch über das Wetter und die Rezession und ging dann zurück zu Marianne.
Die saß noch immer mit ihrem Notizbüchlein da und hielt ihren Füller gezückt.
»Was sagt sie?« fragte sie neugierig.
»Schreib' schnell auf«, zischte ich. »Schreib' schnell auf.«
Und so aus dem Gedächtnis drehte ich Maurenes Nummer.
»Das ist ihre Nummer«, sagte ich stolz, mit einem Kopfnicken in Buddha Rubins Richtung.
Dieser sah mir immer noch nach, grinste und nickte. Marianne nickte und ich grinste zurück.
»Was haben wir von ihrer Nummer«, fragte Marianne. »Und warum gab sie sie dir?«
»Ganz normal«, sagte ich. »Wenn wir vielleicht einen Kerl haben, der ein Mädchen sucht, oder so. Ich fungiere als Sub-Agent, weißt du.«
»Du bist verrückt«, sagte Marianne.
Aber als ich ihr erzählte, daß Maurene auf diese Art auch mit Victoria zusammenzuarbeiten pflegte, und daß ein gewisser B. Slocumb nichts davon wissen durfte, kapierte sie schneller, als ich es erwartet hatte.
»Wieviel Prozent?« fragte sie, und als ich unverständlich guckte: »Wieviel Prozent bot dir das Mädchen an? Dann weiß ich sofort, was Vicky bekam.«
»Was weiß ich«, sagte ich.
»Geh' noch mal eben fragen«, schlug Marianne vor.

Ich sah jedoch davon ab. In der Ferne hielt Buddha Maurenes Hand und sah sie schmachtend an.
»Und nun nach oben«, schlug Marianne vor. »Zurechtmachen und umziehen.«
Ich sammelte alle Plastiktüten mit meinen Einkäufen zusammen und freute mich darauf, mein schickes schwarzes Charleston-Kleid anzuziehen.
Trotz meiner neuen Persönlichkeit war ich noch mindestens zwanzig Minuten eher fertig als Marianne. Also rief ich Frank an, um die Zeit totzuschlagen.
»Wie geht es jetzt?« fragte er.
»Ich habe rotes Haar und Locken«, erzählte ich durch's Telefon.
»Was sagst du?« fragte Frank.
Marianne, die an mir vorbeiging, um ein paar Haarklammern vom Nachtschränkchen zu holen, nahm mir den Hörer aus der Hand.
»Sie ist eine Schönheit«, sagte sie. »Tonia ist magnifique.«
»Ist sie betrunken?« informierte sich Frank, als ich den Hörer wiederhatte.
»Ein Abendkleid habe ich«, erzählte ich begeistert, »und auch einen BH.«
»Oh ja«, sagte Frank.
Er konnte offenbar nicht so schnell folgen.
»Hast du mit jemanden gesprochen?« fragte er.
»Mit Maurene«, sagte ich, »und Frank, Abendschuhe habe ich auch, aber ich laß die Redaktion dafür blechen.«
»Was hast du vor?« fragte Frank mit Besorgnis in der Stimme.
Das rechne ich Frank so hoch an. Er lebt immer mit mir mit.
»Mit Achmed ausgehen«, beruhigte ich ihn, »du weißt doch, dieser nette Minister oder so aus Saudi-Arabien von gestern abend.«
»Ich dachte, daß du zum Arbeiten in London bist?«
Hörte ich da einen säuerlichen Unterton in seiner Stimme oder bildete ich mir das nur ein?
»Ich durfte gestern doch auch mit ihm essen gehen«, verteidigte ich mich.
Ich hatte richtig gehört. Frank war sauer.
»Ein zufälliges Treffen ist etwas anderes als eine Verabredung«, dozierte er, »und was ist das für ein Unsinn über einen BH? Du

bist dagegen, seitdem du den letzten bei der Frauenaktion öffentlich verbrannt hast.«
Mußte ich Frank nun für 3,50 Gulden pro Minute erklären, daß ein Mensch eben älter wird und sich dann sowohl geistig als auch physisch verändert?
»Ich ruf' dich noch mal an«, sagte ich unbestimmt und legte den Hörer auf die Gabel, um anschließend meinen Ehemann aus meinen Gedanken zu verbannen.
»Dieses Kleid«, sagte Marianne, während sie mich kritisch betrachtete, »tut etwas für deine Figur.«
Ich machte eine Art Pirouette, weil ich mich gut fühlte.
»Würdest du, äh, würdest du dich heute abend, weißt du, ein bißchen benehmen können?« fragte sie in genau dem gleichen freundlichen Ton.
Mitten in meiner zweiten Pirouette blieb ich abrupt stehen.
»Wie meinst du das?« fragte ich.
Marianne sah mich arglos an.
»Nun, normal«, sagte sie.
»Ich bin immer normal«, sagte ich böse.
»Normal, nicht so aggressiv, wie du meistens bist.«
»Ich bin nicht aggressiv«, fand ich.
»Hmmm«, sagte Marianne, »du solltest dich etwas mehr im Hintergrund halten, als sonst. Und du solltest vielleicht keine komischen Geschichten über Jüdin-sein erzählen. Und deine Meinung über, äh, arabische Innenpolitik für dich behalten. Und du könntest vielleicht auch etwas weniger nachdrücklich auf mich und Bekir achten.«
»Verdammt noch mal«, rief ich ehrlich verblüfft. »Wer hat gestern eine ganze Zeitlang unbeachtet an der Bar gesessen, während du mit diesem Typ Französisch sprachst? Wer ist wie ein unschuldiges Kind auf einer Party in Schlaf gefallen, während du mit einer Eintagsfliege durchgebrannt bist? Wer streifte heute nacht auf der Suche nach dir durch das halbe Hotel, während du schmutzige Dinge tatest?«
»Guck', das meine ich eben«, sagte Marianne katzenfreundlich, »Tonia, du meinst es wahrscheinlich wirklich gut, aber du bist manchmal so, so, nun ja, unmöglich.«
Ich war sprachlos. Und dieser Zustand dauerte Stunden. Marianne nahm die Honneurs bei der Begrüßung unserer Verabredung entgegen. Ich schwieg, während sie Dinge sagte wie ›toll‹,

›gewaltig‹, ›fantastisch‹, ›extraordinaire‹. Ich trank nur ein Gläschen und blieb schweigend, als Bekir auf meine neue Frisur einen Toast aussprach. Ich schwieg bei Tisch, als Achmed sagte, ich hätte so herrliche Augen. Die habe ich auch, aber meistens scheint das nicht so aufzufallen. Frank ist eigentlich der einzige, der mir das regelmäßig sagt. Ich sagte nichts Abweisendes und nichts Bissiges, als Achmed meine Hand festhielt, und überließ Marianne das Wort, als Bekir fragte, wie der Tag gewesen war.

Als Marianne erzählte, daß wir Victoria tot auf der Treppe gefunden hatten, rief ich nicht einmal: ›Siehst du nun, daß ich recht hatte, habe ich es nicht gesagt?‹ Ich saß die Mahlzeit über schweigend da, und dieser – für mich ungewöhnliche – Zustand bewegte etwas in mir. Vielleicht meint meine Freundin Netty zu Hause das, wenn sie mit ihrem geliebten Yoga, mit Meditation beschäftigt ist oder in-sich-schaut. Ich hatte das nie begriffen und, ehrlich gesagt, wollte ich damit auch nichts zu tun haben. Aber ich denke, daß das ganze Schweigen, ganz gegen mein sonstiges Verhalten, die Stimmung verursachte. Genauso, als wäre ich nicht auf der Erde, nun ja, mein Körper schon, denn ich saß ganz normal am Tisch, und aß und ich ging auf meinen eigenen Beinen zum Lift, um in die Discothek zu fahren. Aber mein Geist, mein Geist befand sich in höheren Sphären. Genauso, als ob er schwebe.

Ich weiß ganz sicher, daß ich nicht zuviel getrunken hatte, und ich weiß ganz genau, daß ich nicht verliebt war, denn das bin ich immer nur in meinen Frank. Aber ich fühlte ganz deutlich, daß Achmed beide Arme um meine Taille gelegt hatte, während wir tanzten, und mein Geist schwebte über uns und dachte hingebungsvoll ›hmmm‹. Achmed flüsterte liebe Dinge in mein Ohr und streichelte zärtlich über meine Pobacke. Mein Geist blickte von oben auf uns herunter und fühlte sich merkwürdig zufrieden.

Ich schwieg dann also, aber das heißt nicht, daß ich nicht kommunizierte. Ich lächelte lieblich, ich schmuste wie eine Katze, und als Achmed sich gegen mich drückte, machte ich es auch. Dann auf einmal waren Marianne und Bekir nirgends mehr zu sehen, und Achmed sagte: »Sollen wir dann auch?«

Und immer noch hatte ich meinen Mund nicht aufgemacht. Ich ließ mich an die Hand fassen und mitnehmen, und mein Geist schwebte über uns. Die Nummer des Zimmers war nicht meine Zimmernummer, und ich hatte ein eigenartiges, doch sehr wohliges Gefühl. Wir saßen zu zweit in der Badewanne, und er erzählte mir alles erdenklich Nette, was mir schmeichelte, auf das ich aber keine Antwort wußte. Und nicht nur mein Verstand war weg, sondern meine Anstandsnormen waren plötzlich dehnbar, und mein sonst so starker Wille schlaff. Ich mag es nicht gerne, wenn das Licht anbleibt, aber als Achmed darauf bestand, ließ ich es so.

»Denn du bist so schön«, sagte Achmed, und das Zimmer schien voller Musik.

Ich saß aufrecht im Bett, nach hinten gegen die Kissen gelehnt, nippte an einem Glas und zog genüßlich an einer Zigarette, die mir galant gereicht worden war. Wir plauderten, zumindest er plauderte.

»Aber selbst, wenn das Mädchen ermordet wurde, ist das doch nicht deine Sache, doch nicht deine Sorge. Ich würde die Finger davon lassen.«

Und zack, war mein Verstand wieder da. Ich war keine femme fatale mehr, sondern plötzlich wieder Tonia.

»Zum Teufel noch mal«, sagte ich. »Ich will aber meine Finger nicht davon lassen!« Achmed seufzte.

»Und kannst du mir mal sagen, warum ihr, du und Bekir, den ganzen Abend über, ständig darauf zurückkommt? Während des Schnäpschens und bei der Suppe und auf dem Tanzparkett und vor und nach dem Schmusen. Zumindest du, von Bekir weiß ich es nicht, aber du schon. Immer wieder ›halt dich da raus‹ und ›laß deine Finger davon‹. Lieber Achmed, ich finde dich ganz in Ordnung, aber du mußt nicht denken, daß ich etwas zurückgeblieben bin. Was hast du mit dem Mord an Victoria Winters zu tun?«

»Nichts«, sagte Achmed.

Hatte meine Mutter mir nicht schon damals erzählt, daß Eskimos immer grinsen, Chinesen bestätigend mit dem Kopf nicken, auch wenn sie es nicht so meinen, Mexikaner immer mañana rufen, obwohl sie es nie meinen und daß Araber immer lügen? Aber, sie hatte auch behauptet, Araber hätten stets einen Dolch in ihren Socken versteckt, und Achmed hat seine Socken ausgezogen, ohne daß ein Dolch zu sehen war.

»Sie war auf der Party«, sagte ich streng, »das kannst du nicht abstreiten. Und auf dieses Fest hast du uns mitgenommen. Dieser Typ war ein Bekannter von dir, dieser Machmuth. Das kannst du auch nicht abstreiten. Und dann war Vicky plötzlich mausetot. Das kannst du zwar leugnen, aber ich weiß, daß es so ist. Und glaube mir, sie war im Wäschesack, mit dem der Gastarbeiter beim Fahrstuhl stand. Also, Achmed Darling, nun erzähl mal. Warum habt ihr Victoria ermordet?«

Aber ich dachte kaum, daß er es zugeben würde.

»Sie war eine Gefahr für unsere Welt«, sagte er mit einem sehr ernsthaften Ton in der Stimme. »Sie brachte in unserer östlichen Welt die Moral in Gefahr.«

Und sieh an, ich war wieder vollkommen Tonia.

»Du kannst mich mal«, sagte ich, »östliche Welt, Moral, ich weiß Bescheid. Darüber kann ich seit einer Stunde mitreden. Zu Hause die Damen im Harem, Schleier davor und Papi hat für die vierzehnjährige Jungfrau einen anständigen Betrag bekommen, als er sie unbesehen verheiratete. Aber wenn dann der Herr Araber, mit seiner hohen Moral im Heimatland, seinen Fuß auf europäischen Boden setzt, ist er, mir nichts dir nichts, mit samtweichem östlichen Charme hinter den Weibern her und tut schön alles, was er zu Hause nicht darf.«

Achmed sah betrübt aus, und ob er es wirklich war oder nicht: er spielte es gut.

»Tonia, du verstehst nichts davon«, sagte er überflüssigerweise.

»Ihr habt sie ermordet«, sagte ich, »obwohl sie eine westliche Frau war. Gott allein weiß warum, aber ihr habt sie behandelt, als wäre sie eine von euch. Die Dame hat etwas getan, was sie nicht durfte, also, hopp, die Frau umbringen.«

Achmed hatte die Augen zur Decke gerichtet, als riefe er seinen Allah an.

»Ganz so war es nicht«, sagte er vorsichtig.

Ich war verärgert und ich war empört, und auf einmal wurde mir bewußt, daß ich mit meinem nackten Hintern auf dem Bett lächerlich aussehen mußte. Resolut stand ich auf und zog meine Unterhose an.

»Was wirst du tun?« fragte Achmed.

»Ich werde etwas tun«, sagte ich drohend. »Zuerst gehe ich zu Mr. Norton vom Hotel, und der wird mir wohl sagen können,

wie ich mich morgen mit Scotland Yard in Verbindung setzen kann.«
Ich griff zu meinem Kleid.
»Das kannst du nicht machen«, sagte Achmed und machte einen Schritt auf mich zu.
Ich bin in Gefahr, überlegte ich, aber ich war zu böse, mir darüber Sorgen zu machen.
»Du läßt das bleiben«, sagte Achmed und machte noch einen Schritt auf mich zu.
»Bleib' stehen, wo du bist«, sagte ich drohend, »ich habe im Frauenhaus in Amsterdam mitgemacht einen Selbstverteidigungskursus.«
Ich glaubte auf einmal, ganz genau zu wissen, daß Achmed ein Killer der besten Sorte war. Und dann fing Achmed an zu lachen.
»Der lachende Mörder«, sagte ich voller Abscheu und mir fiel ein, daß das der Titel eines Kriminalromans war.
Und Achmed lachte noch lauter.
»Und vergiß nicht, daß ich Journalistin bin«, sagte ich superdrohend. »Ich kriege das in die Weltpresse, daß du das nur weißt.«
Und dann wurde mir etwas unter die Nase gehalten. Ein Papier, das aus Achmeds Portemonnaie kam.
»Mr. Norton«, lachte er noch lauter, »Scotland Yard, die Weltpresse, wenn wir letzteres mal vergessen, Kind, ich bin Polizist und arbeite mit ihnen zusammen.«
Fassungslos sackte ich auf das Bett und wußte nichts Besseres zu sagen als: »Sorry, so sorry.«
Ich fühlte mich sehr unwohl, aber das war unnötig. Achmed meisterte jede Situation. Er ließ mich einen Augenblick allein und verschwand im Badezimmer. Kam mit einem dezent um seine Lenden gebundenen Handtuch zurück und warf mir einen weißen Bademantel zu. Während ich ihn anzog, wandte er sich diskret ab, schenkte zwei Gläser Orangensaft, mit einem Schuß aus einer kleinen Flasche, ein und steckte zwei Zigaretten an.
»Mädchen, ich glaube doch, daß wir miteinander reden müssen«, sagte er, und setzte sich ganz höflich nicht neben mich auf das Bett, sondern in einen Salonsessel, legte seine Beine auf einen anderen Stuhl, so daß die Atmosphäre immer noch vertraut blieb. Vertraut, doch mit Abstand. Er ähnelte Omar Sharif,

wirklich wahr. Diese freundlichen, samtenen Augen, dieser reizende Akzent, der gut gepflegte Schnurrbart und die weißen Zähne.
»Tonia, Darling«, sagte er, und ich schlug meine Beine übereinander, so wie ich es Faye Dunaway im Film habe tun sehen, »ich hätte es lieber gehabt, du wüßtest von dem allem nichts. Ich hätte dich da lieber rausgehalten.«
Ich zog an meiner Zigarette und wartete geduldig auf das, was da kommen sollte.
»Gestern abend, als du sagtest, du hättest Vicky gesehen, bedauerte ich schon, daß du zu viel weißt. Du bist Außenstehende. Du und deine Freundin Marianne. Ihr kommt aus einem anderen Milieu, aus einem anderen Land und habt nichts mit dieser Sache zu tun. Aber du warst gestern abend nun einmal da. Es schien mir zuerst eine gute Idee zu sein. Mein Freund hatte alles geregelt. Er hat sich in Marianne verliebt, und als ich, wie verabredet, dazu kam und euch traf, dachte ich, daß alles gut zusammenpaßt.
Ich bin aus geschäftlichen Gründen in England. Wir arbeiten mit der englischen Polizei zusammen, und das Management des Hilton hat seine Mitarbeit zugesagt. Die Party gestern abend hatte sehr wohl einen doppelten Grund. Machmuth als hoher Funktionär in der staatlichen Ölgesellschaft gab das Fest, so daß es für die verdächtigen Personen wie so viele Feste von reichen Arabern aussah. Du kennst unsere Gesellschaft nicht, Tonia. Unsere Gesellschaft, wie sie zu Hause und hier in England ist. Du hast Urteile und Vorurteile. Ihr habt etwas über Harems gehört, über Moslembräuche und Moslemgewohnheiten. Ihr habt hier ein Sprichwort, so nennt ihr das doch, man hat die Glocken läuten gehört. Euch schauert es bei dem Gedanken, daß eine Frau einen Schleier tragen muß. Nicht ohne Begleitung auf die Straße geht, und ihr denkt, daß alle diese Frauen die unglücklichsten Wesen sind, die es gibt. So ist es aber überhaupt nicht. Ihr denkt von einem westlichen Standpunkt aus.«
Ich fand die Art, wie Achmed sprach, nett. So ruhig, so absolut ohne Hast. Es war nicht ein Wortschwall eines Mannes, der mich kurz überzeugen, überrumpeln wollte. Er machte Pausen, er formulierte sorgfältig, wählte seine Worte aus.
Ich rauchte meine Zigarette und wartete ab. Achmed nahm ein Schlückchen aus seinem Glas und dachte kurz nach.

»Ich möchte es gern erklären«, sagte er, »aber es ist so schwer. Du bist ein guter Mensch, und du wirst es, wenn du kannst, begreifen.«
Ich nahm auch ein Schlückchen aus meinem Glas und war bereit, alles zu verstehen, was nach meinem Urteil nicht allzu schauderhaft war. Achmed überraschte mich wiederum.
»Trägst du je einen Hut?« fragte er.
Ich verneinte. Nun ja, vor vielen Jahren, als ich in Italien war, habe ich mal einen Sonnenhut gekauft, der danach zusammen mit einer Chiantiflasche als Souvenir einer frivolen Urlaubsreise an die Wand kam. Aber einen Hut, nein.
»Und deine Mutter?« fragte Achmed. »Trug die einen Hut?«
Und auf einmal saß ich voller Erinnerungen. Wie findest du meinen neuen Hut, fragte meine Mutter kokett. Es war ein unmögliches Modell aus Filz mit einer Feder. Man konnte es ihr aber nicht sagen, denn er war schon gekauft. Es war schrecklich, aber ich würde mindestens ein Jahr lang neben diesen Hut gehen müssen. Man konnte nicht zu seiner Mutter sagen: nimm' den Hut ab, denn ohne Hut würde sie sich nackt fühlen. Jeder hatte einen Hut. Oder zwei Hüte, oder sogar drei. Ganz reiche Frauen hatten vielleicht eine ganze Menge. Ein Typ, der rebellierte, setzte ein Barrett auf, aber hatte jedenfalls etwas auf dem Kopf. Eine Frau, die auf sich hält, lief nicht mit bloßem Kopf herum.
»Eine Frau, die auf sich hält, trägt bei uns einen Schleier«, sagte Achmed. »Jede, die auf sich hält, verschleiert sich. Ihr wagt doch auch nicht, gegen eure gängigen Normen anzugehen.«
Ich wollte protestieren. Ich wollte gerne sagen, daß wir auf Konventionen pfeifen. Aber dann überlegte ich, daß ich nie in meinen Leben an einem zum Ersticken heißen Tag mit entblößtem Oberkörper durch die Kalverstraat gehen würde. Andererseits ist mir klar, daß eine ganze Menge Menschen aus wiederum anderen Kulturen es lächerlich finden würden, etwas auf dem Oberkörper zu tragen. Ich schwieg also bescheiden.
»Ihr Westlichen sagt, daß unsere Gesellschaft eine Männergesellschaft ist«, fuhr Achmed bedächtig fort. Ich nickte, denn ich dachte, genug informiert zu sein, um zu wissen, daß das wirklich so war.
»Das stimmt also«, bestätigte Achmed, »aber es ist nicht so schlimm, wie ihr denkt.«
»Wirklich nicht?« stürzte ich mich in das Gespräch. »Du

brauchst nicht mit diesem Schleier vorm Gesicht herumlaufen.«

Achmed machte eine besänftigende Geste.

»Meine Frau braucht von mir aus auch keinen Schleier zu tragen. Nicht, wenn sie meine Freunde trifft, nicht, wenn sie Fremde trifft. Aber sie selbst möchte es. Ihre Mutter und Schwester tragen einen, und sie fühlt sich wohl damit.«

»Was hat das mit dem Mord an Victoria zu tun?« fragte ich. »Ich sehe den Zusammenhang nicht. Du erzählst eine rührende Geschichte, daß eure Frauen so 'ne Art Masochistinnen sind. Keusch und anständig, während ihr arabischen Männer in England und überall anderswo im Westen wie die Verrückten mit Call-girls herumtobt.«

Achmed sah zu mir 'rüber wie zu einem lästigen Kind.

»Sei ruhig«, sagte er, und dann, mit diesem schrecklich charmanten Lächeln: »Etwas Geduld, Frau Journalistin. Eine Geschichte hat einen Anfang, einen Mittelteil und ein Ende. Ich war gerade beim Anfang. Wie ich also versucht habe, deutlich zu machen, haben Frauen in unserer sogenannten Männergesellschaft schon etwas zu sagen. Sie wollen meistens selber den Schleier. Sie sind innerhalb des Familienverbandes Bundesgenossen und benehmen sich meistens danach. Eine Mutter wird von ihren Söhnen verehrt, sie wird streng darauf achten, daß Schwiegertöchter von diesen Söhnen gut behandelt werden. Jeder hat einen Platz, eine eigene Aufgabe innerhalb eines Familienhaushaltes. Jeder weiß, an welche Regeln er sich zu halten hat. Tun sie das, dann haben sie eine ziemlich große Chance, ein glückliches Leben zu führen. Es besteht eine strenge Hierarchie in unserer traditionellen Gesellschaft. Eine junge Braut fängt ganz unten an, muß noch beweisen, was sie wert ist. Aber einst wird sie selber die Mutter großer Söhne sein und viel Einfluß haben. Einst wird sie mächtig sein. So läuft es bei uns schon mehr als zweitausend Jahre und funktioniert noch immer. Die großen geistigen Krankheiten des Westens kennen wir nicht: Vereinsamung und Langeweile. Jeder hat seine eigene Aufgabe, seine Rechte und seine strengen Pflichten. Das galt auch für die Männer, denn der Glaube ist für jeden sowohl streng wie milde. Und dann kam das Öl. Wir wurden interessant, auf die Dauer sogar von ökonomischem Lebensinteresse für den Rest der Welt. Innerhalb kürzester Zeit wurde enorm viel Geld verdient, Geld, das wir in unserer Welt nicht ausgeben konnten. Es gab nichts zu kaufen, also ging der Treck in die großen europäischen Städte. Männer, die noch nie aus unserer Welt herausgekommen waren, die hier nicht studiert haben, nehmen ein Flugzeug, und ein paar Stunden später laufen sie in London herum. Sie sind in unseren eigenen Ländern ein strenges Leben gewöhnt, und auf einmal sehen sie, aus ihrer Sicht, überall nackte Frauen, die es nicht unanständig finden, mit Männern zu reden und zu lachen, die nicht zu ihrer Familie gehören, und denen sie sogar nicht einmal vorgestellt wurden. Sie können überall, wo sie gerade sind, Alkohol kaufen, aber sie machen keinen Mißbrauch davon. Paß' mal auf, in der Bar dieses Hotels oder in der Diskothek, ist ein angetrunkener Mann mit 95prozentiger Sicherheit ein Skandinavier, nie ein Araber. Erstens sind wir fast nie allein, wir halten nichts von Einsamkeit. Wir sind mit Neffen zusammen, oder mit Freunden oder Geschäftsfreunden. Und die Gruppe beschützt den einzelnen, daß er nicht betrunken wird. Ein Araber läßt sich nicht so weit gehen, sich unwürdig zu benehmen.«

Ich fand die Geschichte, die Achmed erzählte, hübsch, sehr hübsch, aber wo bleibt Victoria, dachte ich etwas ungeduldig.

»Frauen«, sagte Achmed, als erriete er meine Gedanken, »das ist eigentlich die gleiche Geschichte. Trinken und Frauen. Es ist uns verboten, ich weiß das, aber habt ihr in eurer Bibel nicht den schönen Satz: der Geist ist willig, aber das Fleisch ist schwach? Und dann laufen sie plötzlich direkt vor deiner Nase, überall, wo du hinguckst, halbnackt herum. Du kommst ins Hotel, und der Portier fragt, ob er vielleicht eine Frau für dich rufen lassen soll. Du trinkst etwas in der Bar, und die Frau, die neben dir sitzt, sagt: Soll ich mit dir mitkommen. Dein Freund hat eine Telefonnummer und sagt: du kannst die schönsten und elegantesten Frauen bekommen. Du brauchst sie nur zu bestellen. Welcher Mann liebt die Frauen nicht, hat keine Fantasien? Das ist so, als wenn man ein großes Stück Schokolade für jemanden hinlegt, der schon sehr lange auf Diät gesetzt ist. Da soll man nun widerstehen!«

Dieser Vergleich leuchtete mir ein. Ich bin oft auf Diät und häufig habe ich meinen Küchenschrank mitten in der Nacht durchgewühlt, auf der Suche nach einer vergessenen Schokoladenrippe, habe ich Frank angefleht: weißt du genau, daß du nicht etwas für mich gekauft und es versteckt oder vergessen hast?

»Aber deshalb braucht ihr sie doch nicht zu ermorden«, sagte ich, mit meinen Gedanken wieder bei der armen Victoria.
Achmed hob beschwörend seine Hand.
»Ich glaube, daß wir das nicht so oft tun», sagte er.
»Victoria«, sagte ich anklagend.
Achmed sah an mir vorbei.
»Ich weiß es nicht«, sagte er unsicher.
»Araber ermorden also englische Frauen«, versuchte ich etwas sehr Konkretes festzustellen.
Auf einmal war Achmed böse und sagte etwas, was nichts damit zu tun hatte.
»Ja, so wird's wohl sein«, schnaubte er. »Genauso wie Japaner niederländische Mädchen essen.«
Ich sah ihn mit offenem Mund an.
»Das ist doch kürzlich passiert«, sagte er. »In Paris. Es stand in eurer Presse: Japaner ißt in Paris Mädchen auf.«
Er hatte mich dort, wo er mich haben wollte. Man kann von einem nicht auf alle schließen.
»Aber vielleicht hat ein Araber eine liebe kleine Schauspielerin ermordet«, sagte ich.
Achmed lachte bitter und war auf einmal sehr orientalisch.
»Deine verehrte Frau Victoria Winters, alias Lady Isobel, war in unseren Augen eine Verbrecherin«, sagte er schroff. »Jährlich verschwinden bis zu hundert Mädchen hier in London. Scotland Yard weiß alles darüber. Beunruhigte Eltern, die ihre Kinder als vermißt melden. Eltern, die denken, daß ihr Kind Verkäuferin in London ist, oder Lehrerin oder Krankenschwester. Wenn sie dann eine Zeitlang nichts mehr von ihnen hören, fangen sie an zu suchen. Von der letzten Adresse ist das Mädchen verzogen, ohne zu sagen wohin. Der Job wurde schon vor Monaten aufgegeben. Die letzte Vermieterin weiß noch zu berichten, daß sie plötzlich tolle Kleidung trug und tagsüber viel schlief. In Riad, in Tripolis und in ein paar anderen großen Städten sind in letzter Zeit Mädchen aufgetaucht, die nicht so aussahen, wie es bei uns normal ist, und sich auch nicht so benehmen. Sie hatten viel Geld und waren als Touristinnen ins Land gekommen. Als Adresse gaben sie immer die Anschrift von europäischen Arbeitnehmern in unseren Ländern an. Diese hatten nie von ihnen gehört, wie sie erzählten. Wir konnten nichts anderes tun, als sie ins Flugzeug setzen und nach Hause schicken. Dann nahm unsere Polizei

Kontakt mit Scotland Yard auf, und so stellte sich heraus, daß einige Mädchen als vermißt gemeldet waren. Wer steckt dahinter, fragten wir uns. Wir haben Untersuchungen eingeleitet, sind daraus aber nicht viel klüger geworden. Sie arbeiten nicht in Bordellen, die werden bei uns streng kontrolliert.«
»Vielleicht saßen sie in Harems«, sagte ich nur so.
Achmed lächelte.
»Harem bedeutet Frauenabteilung eines Hauses«, sagte er, »aber in einem Harem gibt es auch Oma und Mutter, Ehefrauen, Nichten und Schwestern, und alle Kinder unter zwölf Jahren haben freien Zugang dazu. Wenn eine ausländische Frau aufgenommen werden würde, könnte diese Frau nicht gemütlich in Hot Pants durch Riad schlendern. Auf gar keinen Fall.
Ein paar dieser Mädchen gaben als Adresse Wohnungen an, die von englischen, niederländischen oder deutschen Bauunternehmen gemietet waren. Fragte man in diesen Betrieben nach, hatten sie von diesen Mädchen noch nie was gehört. Was da auch geschieht, wir wollen es nicht. Nicht in unserem Land. Nicht in unserer Gesellschaft. Unsere Frauen wollen es nicht. Unsittlich gekleidete Frauen, die durch die Straßen gehen und eine Verführung für Männer bedeuten. Wir schicken sie zurück, aber dann kommen wieder andere. Es muß etwas getan werden, und zwar von hier aus. Scotland Yard machte sich an die Arbeit, aber diese Mädchen sind nach europäischen Gesetzen nicht zu bestrafen. Sie sind volljährig. Sie dürfen in dem Urlaub so viel arbeiten, wie sie nur wollen. Wir müssen die Hintermänner kriegen. Scotland Yard fand heraus, daß eine Anzahl dieser Mädchen, bevor sie in arabische Länder umzogen und auch, nachdem sie wieder in England waren, hier im Hilton gesehen wurden. Aber sie kamen nicht über den normalen Callgirl-Service ins Hotel.«
»Lieber Himmel«, entfuhr es mir, denn als Frau denkt man ja nicht an solche Möglichkeiten.
Achmed ignorierte mich.
»Sie arbeiten alle über einen Agenten.«
»Slocumb«, sagte ich, »B. Slocumb.«
Achmed nickte.
»Und das war also deine Victoria Winters. Schauspielerin und Zuhälterin. Aber sie kann es nicht allein bewerkstelligt haben. Nicht von hier aus. Es müssen auch Leute auf der anderen Seite gewesen sein, die bei uns alles organisierten. Wir behielten Vic-

toria im Auge, weil wir das ganze Verbindungssystem aufrollen wollten. Aber anscheinend wurden auch wir beschattet, denn bevor Victoria festgenommen werden konnte, wurde sie sprachlos gemacht.«
Ich fand seine Formulierung blumig.
»Du siehst also«, sagte Achmed, seine Kippe sorgfältig im Aschenbecher ausdrückend, »für euch ist hier nichts mehr zu tun. Ihr könnt nach Hause fahren.«
Die gleiche Litanei: kümmere dich nicht mehr darum und verschwinde. Das hatte ich den ganzen Abend schon gehört.
»Du hast recht«, sagte ich und hörte in Gedanken die Stimme meines Chefredakteurs: Das ist eine Titelstory, mein Kind, tu dein Bestes. Als gute Journalistin hat man spezielle Wunschvorstellungen. Dicke fette Schlagzeilen über einem Artikel. Die Wahrheit über den Export von Frauen. Komplott entdeckt durch unsere Mitarbeiterin. Moderner Sklavenhandel mit europäischen Frauen, aufgerollt durch die unvergleichbar schlaue Tonia van Dijk.
Ich schloß genüßlich meine Augen und streckte mich auf dem Bett aus.
»Du hast recht«, murmelte ich, »aber what about ein paar Tage Urlaub.«
Achmed interpretierte meine Vorstellung von großer Behaglichkeit falsch. Mit einem Lächeln voller Genugtuung, ob seines vermeintlichen Sieges, wandte er sich mir zu. Und genau eine Dreiviertelstunde später schlug er mir sehr zufrieden vor, doch für die nächste Zeit zu ihm zu ziehen. Und dann ging das Telefon.
»Sag' mal, hast du verdammt noch mal vor, überhaupt nicht mehr zurückzukommen?« fragte Marianne mit einer sehr scharfen Stimme. »Ich sitze hier, verdammt noch mal, schon Stunden und denke mir Lügen für deinen Mann aus, daß die Wände wackeln. Ich will über Geschäfte reden, und er will wissen, wo du herumspukst.«
Und auf einmal war ich total in Eile. Hätte Achmed nicht Einspruch erhoben, so wäre ich in einem ausgeliehenen Bademantel und einem Bündel Zeug unter dem Arm geklemmt durch die Gänge des Hilton gesprintet.
»Bist du verrückt? Du verlierst deine Würde«, rief Achmed schockiert.

»Verdammte Würde«, brüllte ich, während ich mich um drei Uhr nachts in mein Abendkleid quälte, mir dabei vorsagend, was ich Frank sagen würde, der, wie ich es verstanden hatte, in regelmäßigen Abständen anrief.
Kein Mensch zog sich jemals so schnell an, wie ich es tat. Kein Mensch kann das auch, ohne etwas zu vergessen oder zu übersehen. Als ich nach einem freundlichen Gruß in Achmeds Richtung aus der Tür schießen wollte, wurde ich durch Achmeds Stimme zurückgehalten.
»Hast du nicht etwas vergessen?« fragte er und hielt meinen nagelneuen BH wie eine Jagdtrophäe hoch.
Ich fühlte keinerlei Würde, als ich zurückging und ihm den BH aus der Hand riß, voller Nervosität ›thank you und auf Wiedersehen‹ stotterte. Ich hörte Achmed noch lachen, als ich bereits auf dem Gang vier Zimmertüren weiter war.

4

Es hatte Mühe gekostet, den Agenten von Victoria zu einem Gespräch zu bewegen. Der fatale Sturz der gefeierten Schauspielerin war zu traurig, hatte er am Telefon gesagt. Ein schwarzer Tag in der Geschichte der britischen Film- und Theaterindustrie. Die Rolle der Lady Isobel sprach für sich selbst. Weitere Worte würden hier wohl überflüssig sein.
Es klang ausgezeichnet, als er uns mitteilte, daß Victoria ihr Brot nur als ehrsame Schauspielerin verdiente. Aber so schnell konnte er mich nicht bluffen. Ihn zu überrumpeln hatte ich sorgfältig vorbereitet, zusammen mit Marianne.
Diese Frau war gewaltig, diese Frau ist enorm. Wenn ich jemals in meinem Leben etwas Negatives über Marianne gesagt habe, was sicher nicht der Fall ist, dann nehme ich es jetzt auf der Stelle zurück.
Wie sie auf dem Bett saß, als ich mit meinem Schlüssel die Tür aufgeschlossen hatte.
»Wie bist du hereingekommen«, fragte ich verwirrt.
Und das Französisch von Marianne ist so nett. Und wie cool sie die Augenbrauen hochzog.
»C'est très facile«, sagte sie mit diesem strahlend weißen Lächeln. »Bekir ist bon, aber er ist nicht le monde entier, weißt du, und auf einmal dachte ich: c'est fini. Also rief ich erst unser Zimmer an – keiner da. Ich überlegte: wie komme ich hinein. C'est facile, weißt du. Du bist ein bißchen Frau-von-Welt oder du bist es nicht. Ich bestellte beim Room-Service einen doppelten Whisky mit Eis, viel Eis. Eine Whisky-Marke, die sich nicht in unserem Mini-Eisschrank befindet. Dann sorgte ich dafür, daß ich zur gleichen Zeit, wie der Room-Service am Zimmer ankam. Und ich sage: Sie haben einen Universalschlüssel, also öffnen Sie die Tür. Und sage: meine Freundin hat den Schlüssel, aber die ist olala. Und ich lache den Kellner an, also läßt er mich und den Whisky hinein. Ich dachte, ich bleibe lieber noch ein bißchen auf, um noch etwas mit Tonia zu reden. Und dann rief Frank an, dem ich erzählte, daß wir zusammen in der Bar säßen,

ich aber gerade zufällig im Zimmer wäre, pour faire pipi. Und dann rief Frank wieder an, und ich erzählte, daß wir mit mehreren Leuten in der Disco wären, und ich nur eben kurz im Zimmer wäre, um bequemere Schuhe zum Tanzen anzuziehen. Und dann rief Frank noch mal an, und ich erzählte, daß ich dich nun allein gelassen hätte, weil du so interessante Gespräche mit einem Mädchen namens Maurene führtest. Und dann dachte ich, wenn er wieder anruft, ist es vielleicht besser, daß du hier bist. Aber nun zur Sache. Was weißt du?«

Und ich erzählte genau, was Achmed erzählt hatte.

»Qui«, sagte Marianne, »das war auch Bekirs Geschichte. Ich habe ein bißchen nachgedacht. Wir müssen zuerst Victorias Theateragent sprechen.«

»Was wird der sagen können oder wollen?« fragte ich naiv. »Vielleicht weiß er gar nichts.«

Marianne schnaubte.

»So ein Mann weiß, was sie verdiente«, sagte sie. »Er vermittelte ihr Arbeit. Wenn sie seit Lady Isobel nicht mehr garbeitet hat, muß er sich doch auch fragen, wovon lebt sie eigentlich.«

»Sozialhilfe«, schlug ich vor.

Marianne schnaubte noch stärker.

»Kannst du dich an den Mantel erinnern?« fragte sie. »Und die anderen teuren Klamotten von Vicky? Der Mantel sah nicht so aus, als hinge er meistens auf einem Bügel im Schrank. Vicky trug diesen Mantel. Das konnte man an ihrem ganzen Auftreten sehen. Und diese Adresse in Chelsea, auch wenn es die oberste Etage war. Das Sozialamt bezahlt das nicht. Nicht in England, das ist sicher. So'n Geschäftsmann muß gewußt haben, daß diese Lady über ihre Verhältnisse lebte. Buchstäblich und bildlich gesprochen. Victorias Agent wird sagen: ich weiß nichts, aber dann sagen wir ganz höflich: Sie lügen.«

Ich rief also den Herrn Richard Owens an, der, einer Information aus Holland zufolge, ihr Agent war. Und dieser fand es müßig, so kurz nach Victorias Ableben Interviews zu geben.

»Welches war Victorias letzte Rolle?« fragte ich streng.

»Lady Isobel«, erzählte er gelangweilt.

»Sie hatte also keine Arbeit?« fragte ich den Mann gezielt.

Er beeilte sich, mir zu erzählen, daß sie Arbeit genug gehabt hätte, jedoch große Rollen ausgeschlagen hätte, um sich zu überlegen, was sie eigentlich weiterhin tun wollte.

»Also hatte sie kein Einkommen«, stellte ich streng fest. Obwohl Victorias Agent nicht wissen konnte, worauf ich hinaus wollte, beeilte er sich, meine Feststellung zu bestreiten.
»Sie war Nymphe im Hintergrund in einer Theaterproduktion gewesen. Sie war Statistin in einer Verfilmung von Schuld und Sühne und, oh ja, das hätte er fast vergessen, weil es nicht sehr ruhmvoll war. Etwas, womit Schauspieler sich nicht brüsten. Sie hatte für irgend etwas Werbung gemacht. Eine neue Sorte Makaroni, im Handumdrehen fertig, soweit er sich erinnern könnte.«
»Ich verstehe, Herr Owens«, sagte ich sehr bissig. »Diese Makaroni haben also genug abgeworfen, um einen Pelzmantel für mindestens dreitausend Pfund zu kaufen.«
Ich versuchte es einfach ins blaue hinein. Marianne saß da und lachte und hielt fünf Finger in die Luft.
»Oder vielleicht fünftausend Pfund«, verbesserte ich mich.
»Herr Owens«, rief ich ihn streng zur Ordnung, »Sie sprechen nicht mit irgendeiner Journalistin. Ich habe Kontakt zur Weltpresse, wissen Sie. Und ganz zufällig haben meine Freundin und ich das Opfer, ja, Sie hören ganz richtig, das Opfer gefunden. Und meine Freundin ist eine berühmte Fotografin und hat zufällig immer einen Fotoapparat dabei.«
»Du übertreibst dein Spiel«, flüsterte Marianne mir zu.
»Es ist sicherlich, da stimme ich mit Ihnen überein, ein trauriges Thema«, sagte ich, »aber es erscheint mir doch sinnvoll, daß Sie und ich ein Schwätzchen halten. Ein Schwätzchen für eine Geschichte.«
»Zehn Uhr paßt mir gut«, sagte Herr Richard Owens.
»Beim Telefonieren kann man sich von dir eine Scheibe abschneiden«, sagte Marianne zum zweiten Mal innerhalb weniger Stunden. Sie hatte es auch gesagt, als Frank heute Nacht zum letzten Mal anrief und ich wie ein Unschuldslamm abnahm.
»Was machst du, verdammt noch mal, die ganze Zeit«, hatte er gebrüllt. »Wo verbringst du die halbe Nacht?«
»Ich habe gearbeitet«, sagte ich reserviert.
Marianne hielt sich die Hand vor den Mund, um das Gelächter zu dämpfen. Frank hatte offensichtlich auch seine Zweifel daran gehabt.
»Was für eine Arbeit war das?« höhnte er.

»Du weißt doch langsam, daß ich von Beruf Journalistin bin«, hielt ich mich zurück.
Ich meine, ich lüge nie, und darauf bin ich stolz.
Offensichtlich war Frank so verstimmt darüber, was ich ihm in meiner Naivität über meine äußere Metamorphose erzählt hatte. Er, der sich nie dafür interessierte, was ich anzog, rief mit einer Art Panik: »Was hast du an, Mädchen?«
»Ein Abendkleid«, gab ich kühl zur Antwort. »Noch was?«
Aber in diesem Augenblick hielt Marianne meinen achtlos hingeworfenen BH mit Daumen und Zeigefinger hoch und grinste dabei breit.
»Vielleicht solltest du lieber schlafen gehen, Frank«, beruhigte ich ihn. »Ich glaube, daß du dich da zu sehr hineinsteigerst. Bist du vielleicht betrunken?«
»Du bist gut am Telefon«, urteilte Marianne, als ich langsam den Hörer auf die Gabel gelegt hatte.
Um neun Uhr rief Bekir an und fragte, ob Marianne gut geschlafen hätte und ob wir schon am Packen wären, um nach Hause zu fahren. Marianne sagte, daß sie prima geschlafen hätte und nicht am Packen sei, weil sie nicht nach Hause führe.
Um viertel nach neun rief Achmed an und fragte, ob ich gut geschlafen hätte und was meine Pläne für den Tag wären. Hätten wir vielleicht Lust, zu viert zu frühstücken? Und dürfte er uns vielleicht im Laufe des Tages mit dem Auto nach Heathrow bringen?
»Diese Kerle«, sagte Marianne, »wollen uns gar zu gerne los sein.«
Ich kämmte gerade meine roten Locken und betrachtete mit Genugtuung mein Spiegelbild.
»Diese Kerle«, sagte Marianne, »haben uns eine tolle Geschichte erzählt.«
Ich hielt mein Gesicht etwas näher an den Spiegel, um Maskara aufzutragen. Marianne kam ins Badezimmer und hielt den Kopf etwas schief.
»Dieser Lippenstift ist zu grell für tagsüber«, sagte sie. »Hier, nimm' mal diesen von mir.«
»Wir gehen nicht mit ihnen frühstücken«, sagte ich, »denn sie hängen mir zum Hals raus. Und außerdem müssen wir um zehn Uhr bei Owens sein.«

»Wir gehen doch frühstücken«, sagte Marianne, »und erzählen, daß wir wirklich vorhaben, nach Hause zu fahren.«
Ich tue nun mal meistens das, was Marianne sagt, also ging ich folgsam hinter ihr her zum Lift. Aber mir schlug das Herz bis zum Halse, und als wir den Speisesaal betraten, wußte ich nicht mehr so recht, wie ich gucken sollte. Wenn man ein bißchen betrunken ist und nicht mehr so ganz man selbst ist, wenn das Licht schummrig ist und man sich als Frau-von-Welt fühlt, dann ist es überhaupt nicht so schwer, Dinge zu tun, die das Tageslicht nicht vertragen können. Aber deinen Partner dieser dunklen Stunden über Kaffee und Brötchen hinweg anzublicken und ohne Scham zu fragen, ob er kurz die Butter herüberreichen könnte, das ist etwas anderes.
Marianne tat sich nicht so schwer damit, vielleicht aus Erfahrung. Ich schwieg verwirrt in allen Sprachen. Marianne rief aus, daß es ein beau jour zu werden verspricht, ein lovely day übrigens auch. Und Achmed nickte freundlich, lächelte und sagte ›indeed‹. Und Bekir fragte, ob wir Kaffee oder Tee wollten. Ich sagte nichts. Dachte daran, mal davon gehört zu haben, daß Männer Bettgeheimnisse austauschen.
»Was wollt ihr heute machen?« fragte Bekir, und Marianne klatschte entzückt in die Hände.
»Shopping«, rief sie wie ein kleines Mädchen, »und zum Tower und zu Madame Tussaud's, und die Beefeaters ansehen, was, Tonia?«
»Ja«, sagte ich und wünschte mir, schon im Taxi Richtung Mr. Owens zu sitzen. Es wurde richtig peinlich, als Marianne aufstand und sagte, ich müsse die Konversation mal eben weiterführen, weil sie unsere Mäntel aus dem Zimmer holen wolle.
»Soll ich das nicht eben machen?« rief ich noch, aber sie war schon weg.
Und dann war ich allein mit meiner Verlegenheit und den zwei Herren. Und Araber sind so höflich, so schrecklich höflich. Als sie merkten, daß ich an diesem Morgen nicht so gesprächig war, wandten sie sich einander zu und führten einen engagierten Dialog auf Arabisch. Ich fühlte mich kurz erleichtert. Aber als Achmed etwas Unverständliches sagte und Bekir unwillkürlich zu mir hinsah, wußte ich es. Sie sprachen über mich.
Und dann war Marianne schon wieder zurück. Sie rief ›see you‹

und wieder etwas über einen lovely day, und bevor es mir bewußt war, hatte sie mich aus dem Speisesaal gezogen und in die Halle geschoben. Ich kenne sie gut genug, um zu wissen, was los war. Trotz allem Nicken und Lächeln beim Abschiednehmen wußte ich es. Marianne war wütend, und das berechtigt. Wenn man Mariannes Kleid zerreißt, sagt sie ›eh bien, c'est ca...‹, wenn man ihren Lippenstift ausleiht, sagt sie ›du darfst ihn ruhig behalten‹. Aber ihre Fotoausrüstung ist eine andere Geschichte.

Ich erinnere mich, daß ich einmal einen ihrer Fotoapparate genommen und an irgendwelchen Knöpfen und Hebeln gedreht hatte. Sie kratzte mir fast die Augen aus. Auch hatte ich mal, weil ich dachte, sie findet das nett, ein Foto von ihr gemacht, als sie kurz nicht aufpaßte.

»Wenn du das noch einmal wieder machst, wenn du jemals meine Ausrüstung anrührst«, hatte sie gesagt; »dann schwöre ich dir, daß ich nie mehr mit dir eine Reportage mache.«

Und was jetzt passiert war, war viel schlimmer. Ihre Lieblingskamera war nicht nur angefaßt worden, sie war verschwunden. Dort in unserem Schlafzimmer war der Garderobenhaken jetzt leer.

»Herr Norton«, rief ich und steuerte schon in Richtung Ecke der Lobby, wo der Assistent-Manager zu sitzen pflegt. Marianne hielt mich zurück.

»Nachher«, sagte sie, »nachher machen wir bestimmt eine Anzeige wegen der Versicherung, aber jetzt müssen wir zuerst zu Owens, das weißt du doch.«

»Aber das Zimmermädchen«, rief ich, »oder der Minibar-Auffüller. Vielleicht können wir sie auf frischer Tat und im Besitz deiner Fotoausrüstung erwischen.«

»Tu nicht so dumm«, sagte Marianne, vor Wut ganz weiß um ihre Nase herum. »Es ging doch sicher hierum.«

Sie tippte auf ihre Handtasche, und ich sah absolut keine Verbindung. Während sie einen angewiderten Blick in Richtung Eßsaal warf, zischte sie zwischen ihren Zähnen hervor: »Scheiß-Araber. Habe ich dir nicht gesagt, daß diese Kerle nichts taugen.«

Es schien mir taktisch unklug, ihr zu sagen, daß sie jetzt über jemand sprach, der gestern noch der Mann ihres Lebens gewesen war.

»Sie haben uns auf hinterhältige Weise ausgehorcht, diese Säcke«, sagte sie. »Sie benutzten unsere Unschuld, um uns zu verführen. Wir waren so dumm zu sagen, daß wir Journalistinnen sind, und sie konnten sich an allen fünf Fingern abzählen, daß ich Fotos von der Leiche gemacht haben würde.«
Auf einmal begriff ich es, aber wollte es noch nicht glauben.
»Nicht Achmed, nicht Bekir«, sagte ich. »Die sind zu vornehm, um heimlich einzubrechen.«
Marianne schnaubte geräuschvoll.
»Sie schleppen auch keine Wäschesäcke mit Leichen umher«, sagte sie. »Solche Sorte läßt andere die Drecksarbeit ausführen.«
»Aber Achmed ist Polizist«, wollte ich es noch immer nicht wahrhaben. »Ich habe selber den Ausweis gesehen.«
»Hast du ihn auch gelesen?« fragte Marianne.
Und auf einmal wußte ich, genau wie sie, ganz sicher, daß wir uns ganz schön hatten einwickeln lassen. Dieses Papier war mit arabischen Buchstaben beschrieben und mit seinem Foto verschönt. Es hätte auch sein Schwimmbad-Abo sein können.
Wir stiegen in ein Taxi, und sogar das kleine bißchen Freude, das mir ein Mann mit weißen Handschuhen bereitete, als er die Tür für mich aufhielt, war schnell verschwunden.
»Verdammt«, sagte ich.
»Was meinen Sie?« fragte der Taxifahrer.
Ich wollte die Adresse von Owens angeben, aber Marianne kam mir zuvor. Sie wollte zum nächstmöglichen Fotohandel.
»Eine neue kaufen?« fragte ich noch, aber sie gab sich keine Mühe mit einer Antwort. Sie sagte nur, sehr weiblich und sehr gemein: »Wartet nur, ich kriege euch schon.«
Dann holte sie ihre kleine Pocket-Kamera aus der Handtasche und drehte den Film sorgfältig zurück, nahm ihn heraus und sah ihn an, als säße in dieser kleinen schwarzen Rolle ihre Zukunft und ihr Leben.
»Es muß etwas mit den Fotos zu tun haben, weshalb es die Mühe wert ist, eine kostbare Ausrüstung zu klauen. Und wir werden sehen, was das ist.«
Als Marianne so verbissen sprach, wußte ich, daß man sich lieber nicht weiter einmischen sollte. Also blieb ich im Taxi, während sie ins Fotogeschäft ging.

Wie ich bereits erwartet hatte, wohnte Herr Owens hübsch. Wunderhübsch sogar. Er war der Agent von mehreren Schauspielerinnen, nicht nur von der arbeitslosen Victoria. Der Stadtteil Cheyney Walk war sowieso nie unansehnlich gewesen. Ich meine, es war nicht so wie bei uns im Jordaan-Viertel, das früher trostlos war und heute sehr ›in‹ ist. Cheyney Walk war schon vornehm gebaut worden und auch vornehm geblieben. Sah man sonst in London die schlechte ökonomische Situation deutlich an abgeblätterter Farbe, nicht reparierten Fensterrahmen und Tünche, die durch Auspuffgase angetastet war, so glänzte Cheyney Walk weiterhin durch gute Pflege. Jawohl, Mr. Owens Schauspieler-Agentur hatte sie. Diese Erinnerungstafeln, mit denen die Londoner Gemeinde so freigiebig ist. Bevor Mr. Owens dort wohnte, war Proust dort geboren worden, hatte Vivaldi dort eine Zeitlang gewohnt und war General Nelson dort gestorben.
»Mr. Owens hat's anscheinend«, flüsterte ich Marianne zu, tief beeindruckt von allem.
Marianne war noch immer nicht über den Verlust ihrer Kamera hinweggekommen, oder vielleicht über die Tatsache, daß sie sich hereingelegt fühlte. Sie hielt ihre kleine Kamera so fest, als hätte sie Angst, daß sie ihr jeden Augenblick aus der Hand gerissen würde. Außerdem zog sie ein Gesicht wie ›komm ruhig her, ich habe keine Angst‹.
Die Tür wurde von so einem Typ mit gestreifter Weste und Mittelscheitel geöffnet. »Werden Sie erwartet?« fragte er.
Oder ich dachte zumindest, daß er das gesagt hätte, denn er sprach so vornehm, daß ich überhaupt nichts verstand.
»Würden Sie hier kurz Platz nehmen«, sagte er. »Herr Owens ist noch in einer Besprechung. Und darf ich vielleicht Ihre Karte haben. Dann kann ich Sie später anmelden.«
»Wie vornehm«, sagte ich, immer noch tief beeindruckt und heilfroh, daß Frank mir einmal, in einem snobistischen Anflug, eine Freude mit Visitenkarten hat machen wollen.
»Es ist ein Schauspieler«, sagte Marianne. »Ein arbeitsloser Schauspieler, das sage ich dir.«
Und auf ihre vornehmste Art fragte sie auf Französisch nach einem Glas Wasser.
»Siehst du nun, daß er Schauspieler ist«, sagte sie, als der Mann entschwebte, um das Gefragte zu holen. »Butler sprechen kein Französisch.«

Wir saßen und warteten. Zumindest ich wartete, denn Marianne konnte es wieder nicht lassen. Sie fotografierte das Queen-Anne-Mobiliar, die elisabethanischen Spiegel und eine ganze Wand voll eingerahmter Fotos von Schauspielern und Schauspielerinnen in bestimmten Rollen. Und wieder blitzte die Kamera, als eine Tür aufging und einen Herrn durchließ. Und das war auch wieder so einer. Er hatte eine Melone in der Hand und einen Schirm an seinem Arm hängen. Er trug einen schwarzen Mantel mit einem Gürtel auf dem Rücken. Sein Schnurrbart wurde ohne Zweifel mit Pomade hochgehalten.
Ich fand ihn toll und sah ihn in Gedanken bereits einen Portwein trinken, in einem ledernen Sessel in seinem Club sitzend, und die *Times* vor der Nase.
»Ein Bankier«, sagte ich aufgeregt zu Marianne. »Ohne Zweifel ein Bankier.«
Der Mann war eindeutig durch Mariannes brutale Fotografierei überrascht. Er stand einen Augenblick auf der Schwelle, als wüßte er momentan nicht, was er tun sollte. Beschloß dann, der englische Gentleman zu sein, der unangenehme Dinge nicht bemerkt.
»Good morning, Ladies«, grüßte er.
»Wieder so ein Schauspieler«, sagte Marianne, und um extra unhöflich zu sein, dieses Mal auf englisch. »So ein verdammter arbeitsloser Schauspieler.«
Der Herr ging mit einem sehr steifen, geraden Rücken fort, sah sich sogar an der Tür nicht mehr um. Ich liebe dieses typisch Englische, ich genieße es. Nachdem ich Owens am Telefon gehabt hatte, der kaum zu verstehen war wegen seiner stiff upper-lip, wie ich vermutete, nachdem ich seinen Butler, seine elisabethanischen Spiegel und seinen Besuch mit der Melone gesehen hatte, waren meine Erwartungen nun sehr hoch.
In lupenreinem Französisch wurden wir gebeten einzutreten. Ich ging voran. Schließlich bin ich die Interviewerin und Marianne nur die Fotografin. Aber ich blieb so abrupt stehen, als ich Herrn Owens gewahr wurde, daß Marianne gegen mich stieß und ›verdammt‹ sagte.
Ich dachte Caransa[1] vor mir zu haben. Er war es nicht. Er hatte nur die gleichen roten Löckchen, die gleichen blauen Augen und

[1] bekannter Amsterdamer Hotelier

dieses Nachlässige. Dieses ›ich bin vielleicht wirklich reich, aber dennoch ein stinknormaler Junge, mit einem Anzug von der Stange‹. Nun ja, das Jackett hing nachlässig über der Stuhllehne und die Krawatte auf halb acht, und seine adrett geputzten Schuhe standen neben dem Schreibtisch, anstatt an seinen Füßen zu sein. Er sagte nicht ›how are you‹ oder ›good to see you‹. Er sah auf meine roten Locken und Mariannes schwarzes Glanzhaar und sagte: »Was seid Ihr? Sängerinnen, Tänzerinnen oder ein komisches Duo? Macht es kurz, denn in ein paar Minuten habe ich ein Interview mit wichtigen niederländischen Journalistinnen.«
Ich hatte Mr. Owens nicht deshalb so schlecht verstanden, weil er eine stiff upper-lip hatte, sondern weil er im reinsten Cockney-Englisch nuschelte.
»I am so sorry«, sagte ich in meinem vornehmsten Englisch, der BBC nachgeahmt. »Ich glaube, Sie verstehen nicht richtig.«
Ihm schien ein Licht aufzugehen.
»Ihr seid zu früh«, sagte er. »Zieht Euch mal aus.«
Und abwartend sackte er auf seinen Stuhl, während er in einer sehr großen Dose aus bearbeitetem Silber nach einer Zigarre grabbelte.
»Come on, girls, show your bodies.«
Ich stand mit offenem Mund da. Nicht, daß ich nun sehr prüde bin, wirklich nicht. Ich verstehe mich auf den ganzen Rummel. Hatte ich heute Nacht nicht interessante Dinge getan? Habe ich nicht schon vor Jahren Wörter wie Möse, Pimmel, Schwanz und Bumsen in meinen Sprachschatz aufgenommen? Aber so ein Typ, der mich einfach kurz auffordert, mich auszuziehen, das geht doch etwas zu weit.
»Qu'est-ce qu'il désire?« fragte Marianne, auch völlig sprachlos.
»Er will, daß wir uns ausziehen«, sagte ich auf niederländisch.
Mr. Owens brach in ein brüllendes Gelächter aus.
»Nicht so schüchtern«, rief er, mit seiner Zigarre wedelnd. »Ihr hattet euch doch als geschulte französische Stripperinnen angekündigt? Eure Nummer ist mir völlig egal, aber eure Körper will ich beurteilen, bevor ich Euch in einen Nachtclub schicke.«
Marianne wußte absolut nicht, wie sie reagieren sollte, aber in mir kamen vier Jahre Frauenbewegung hoch.
»Sie, Herr Owens«, äußerte ich in seine Richtung, »sind ein male

chauvinistic pig. Und nicht nur das. Sie schlagen Kapital aus weiblichen Körpern. Sie sind ein Zuhälter, soweit ich verstehe.«

Und in meiner Wut sprach ich das schönste Englisch, das ich jemals gesprochen hatte.

»Wir sind«, sagte ich mit einer weiten Geste in Richtung Marianne, »Ihre wichtigen Journalistinnen.«

Herr Owens schoß in die Höhe, zog seinen Schlips zurecht und angelte mit den Zehen nach seinen Schuhen. Ich hatte recht, als ich ihn vorher durch den Telefonkontakt als stiff upper-lip bezeichnet hatte.

»I am sorry«, sagte er, »so sorry«, und ich hatte wieder Mühe, ihn zu verstehen.

Mariannes Kamera blitzte auf, während Mr. Owens sich vornüber beugte, um seine Füße ordentlich in seine Schuhe zu bekommen.

»Verstehen Sie mich nicht falsch«, sagte Mr. Owens mit leichtem Flehen in der Stimme. »Es gibt nun mal solche und, äh, solche Frauen. Und ich habe Sie leider falsch eingeschätzt. Was kann ich für Sie tun, meine Damen? Was möchten Sie von mir wissen?«

»Wir wollen, wie ich Ihnen bereits am Telefon gesagt habe, eine Titelgeschichte über Lady Isobel alias Victoria Winters machen«, erzählte ich ihm von oben herab.

»Oh, natürlich, sicher. Meine Sekretärin wird eine Informationsmappe zusammenstellen. Fotos aus der Produktion und private Fotos. Nicht, weil ich denke, daß die anwesende geschätzte Fotografin ihre Arbeit nicht versteht. Aber es sind genug Aufnahmen vorhanden.«

Ich wollte gern eine Übersicht über das, was die englische Presse geschrieben hatte und fragte, ob Interviews für Zeitungen gemacht worden waren.

Herr Owens wollte uns schrecklich gern bei der Arbeit unterstützen. Ganz sicher. Er wollte auch die Urheberrechte, die daran gebunden waren, regeln.

»Wir möchten auch gern eine Übersicht über das, was Vicky die letzten Jahre verdient hat.«

Herr Owens arbeitete auf einen Schlag nicht mehr mit. Das würde den Rahmen sprengen, meinte er entschlossen.

Ich setzte mich etwas gemütlicher hin und zog meine neuen Augenbrauen spöttelnd hoch.

»Haben Sie eine Vorstellung, wie Victoria das Geld verdiente, um so ein luxuriöses Leben zu führen?« fragte ich.
Herr Owens lachte kurz auf.
»Theaterrequisiten, meine Damen«, sagte er. »Nur Theaterrequisiten. Dieser Pelzmantel, Sie haben sich dabei verguckt, dieser Pelzmantel war aus Nylon.«
»Das können Sie jemand anders erzählen«, tat Marianne zum ersten Mal ihren Mund auf. »Dieser Pelzmantel war ein Nerz, und dieser Ring an ihrem Finger war von Gott weiß wieviel Karat. Wie kam sie zu diesen Sachen?«
»Ein reicher Freund vielleicht?« äußerte Owens, aber sogar ich konnte seiner Stimme entnehmen, daß er ins Blaue hinein redete.
»Spielte sie ab und zu eine Hure?« fiel ich mit der Tür ins Haus.
Owens guckte so prüde, als hätte er noch nie in seinem Leben Journalistinnen gebeten, sich auszuziehen.
»Aber, meine Dame«, sagte er überheblich, »Victoria war eine Frau von Stand. Wenn sie Geld gebraucht hätte, hätte ich ihr eine Stelle in einem Nachtclub, einem Kabarett oder eine harmlose Fernsehserie vermitteln können. Aber sogar das fand sie unter ihrem Niveau. Shakespeare wollte sie spielen oder auch Pinter, um Namen zu nennen, aber nichts darunter.«
»Also besorgten Sie ihr keine, äh, Kunden?« fragte ich ihn ganz direkt.
»Mein Butler wird Sie hinauslassen«, sagte Owens.
»Er ist Schauspieler gewesen«, sagte Marianne. »Nur ein schlechter, schmieriger Schauspieler.«
»Wissen Sie«, sagte ich mit einem liebenswürdigen Lächeln und sah ihn direkt in die Augen, »wir haben Vicky am Abend, bevor sie starb, gesehen. In unserem Hotel, und die Rolle, die sie spielte, war sehr überzeugend. Wir haben mit ihr gesprochen, mit Vicky, meine ich, und was sie sagte, schien nicht gelogen.«
»Was hat sie gesagt«, fragte Owens, jetzt doch mit einem Anflug von Besorgnis in der Stimme.
»Sie erzählte uns, was sie machte«, sagte ich drohend, »und sie bot uns Arbeit an. Und sie fragte uns, ob wir vielleicht Lust zu einem bezahlten Urlaub in Saudi-Arabien hätten«, log ich drauflos. »Diese Handlanger von ihr, Achmed heißt der eine, würden das schon in Ordnung bringen.«

»Übertreibe nicht so«, sagte Marianne auf niederländisch.
»Und auf unsere Art sind wir zufällig Professionals«, tat ich, als ob ich sie nicht hörte, »und wir suchen weiter, bis wir alles aufgedeckt haben. Das wird eine Titelstory, hören Sie, in der Ihr Name nicht geschont werden wird. Wir erreichen die Weltpresse.«
Dieser Herr Owens war nicht beeindruckt.
»Ja, ja«, sagte er. »Machen Sie ruhig. Was Victoria in ihrer Freizeit tat, ging mich nichts an. Ich bin nur ihr Agent. Der Butler wird Sie jetzt also hinausbringen.«
»Der Mann hat recht«, sagte Marianne. »Und selbst, wenn er ein Gauner ist, kann er trotzdem ganz unschuldig sein.«
Als wir uns erhoben, ging das Telefon, und während wir zur Tür gingen, wußte ich auf einmal ganz sicher daß diese Spur heiß war. Wer weiß, vielleicht war Slocumb ein Deckname für Owens. Er hatte den Hörer vom klingelnden Telefon abgenommen, und ich hörte ihn sagen: »Jetzt nicht, Maurene, ich habe grad keine Zeit.«

5

Wir hatten zusammen Kaffee getrunken, Marianne und ich. Und uns noch einmal dem Problem zugewandt, wie wir den Tod und die Ursache des Todes von Victoria Winters enträtseln könnten.

»Du rufst diese Maurene an«, hatte Marianne gesagt, »und vielleicht kannst du jetzt etwas genauere Fragen stellen. Du fragst sie nach der Nummer von diesem Slocumb, und ich wette, es ist bestimmt die Nummer von Owens. Wir finden heraus, wer die Eltern von Victoria sind und fragen, ob wir uns mal zusammensetzen können, obwohl das wahrscheinlich nichts bringen wird. Wir machen uns wieder an Bekir und deinen Typen heran.«

»Das tun wir nicht«, sagte ich.

»Dann mache ich unbemerkt Fotos von ihnen, wenn sie gerade nicht aufpassen.«

»Das solltest du nicht machen«, sagte ich. »Sie haben bereits eine Kamera von dir gestohlen, das weißt du doch wohl.«

Marianne machte ein enttäuschtes Gesicht.

»Dann hätten wir etwas für die Fremdenpolizei«, sagte sie mit außergewöhnlicher Gehässigkeit. »Die könnten sie vielleicht identifizieren. Und wir benutzen sie auch für unseren Artikel. Mysteriöse Kerle, die die Hintermänner eines gut organisierten Verbrechersyndikats sind. Eventuell kleben wir so einen Balken über ihre Augen. Dann sieht es noch echter aus.«

Marianne verstand sich darauf.

»Und jetzt gehen wir also zu Scotland Yard. Wir wollen dort den höchstenTypen sehen und fragen, warum sie nichts zur Aufklärung des Todes von Victoria tun. Wir erzählen ihnen, was wir über das Fest und den Pelzmantel wissen und daß wir sie da schon tot gesehen haben.

»Ich«, verbesserte ich Marianne. »Ich habe sie tot gesehen. Nicht du.«

Marianne guckte, als fände sie mich langweilig.

»Und dann erzählen wir ganz ehrlich von diesem Wäschesack

und daß Bekir und Achmed die Skrupellosigkeit besitzen, sich für Polizisten auszugeben. Und dann werden sie aufgrund ihrer eigenen Geschichte verhaftet.«

Marianne sah über ihren Kaffee hinweg in die Ferne, mit einem träumerischen Blick, als ob sie sich an der Vorstellung freute, Achmed und Bekir am höchsten Baum hängen zu sehen. Ich fand, daß sie so tat, als ob ihr mehr zugefügt worden wäre, als nur ein gestohlener Fotoapparat. Meiner Meinung nach nahm es die Form einer persönlichen Rache an. Ich überlegte wieder einmal, ob dies das Französische an Marianne war. Ich als Niederländerin hatte vielleicht doch eine etwas nüchternere calvinistische Persönlichkeit.

»Wir schaffen das wahrscheinlich doch nicht«, sagte ich. »Wer sind wir denn schließlich. Zwei unbedeutende Seelen aus Holland. Was sollen wir bei Scotland Yard, und wie kommen wir überhaupt mit unserer Indianergeschichte am Pförtner vorbei?«

Ich hätte mir keine Sorgen zu machen brauchen, wir mußten nicht am Pförtner vorbei. Scotland Yard kam zu uns.

Wir bezahlten im Coffee-Shop. So ein ganz normaler Coffee-Shop mit am Boden festgeschraubten Tischen und Stühlen, Ketchup- und Chiliflaschen an der Ecke des Tisches. Mit importiertem Personal aus Pakistan oder Westindien, mit hier und da ein paar Kunden, die, in ihre eigenen Gedanken versunken, Kaffee tranken oder ihren Hamburger aßen. Mit diesen großen Fensterscheiben, durch die man von draußen den ganzen Laden überblicken konnte. Wir blieben noch kurz an der Kasse stehen, und ich fragte Marianne, ob ich ein Trinkgeld hinterlassen müßte.

Danach gingen wir redend nach draußen. Auf so eine ganz normale Londoner Nebenstraße. Etwas ruhig, hier und da entlang des Bürgersteiges parkende Autos. Spürte ich unbewußt doch eine Gefahr, das ich ›paß auf!‹ schrie und zur Seite sprang...?

Im Bruchteil einer Sekunde sah ich ein silbernes Auto, das mich doch noch kurz erwischte. War es später meine Einbildung gewesen, daß ich mich an ein dunkles Gesicht hinterm Steuer zu erinnern meinte? Ich kam im Krankenwagen wieder zu mir.

»Marianne«, sagte ich verwirrt zu einem englischen Krankenpfleger, der sich besorgt über mich beugte.

»Mord«, murmelte ich. »Jetzt haben sie Marianne auch noch ermordet.«
Es ist wahr, ich habe früher auch schon mit ermordeten Personen zu tun gehabt. Aber kannte ich sie? Kaum. Nun ging es um eine meiner Freundinnen, eine meiner liebsten Freundinnen auch noch. Marianne, die so charmant gewesen war. Die beste Fotografin der Niederlande. Was für ein Verlust. Ich brach in Tränen aus und fand, daß sich das, zusammen mit der begleitenden Musik der Sirene des Krankenwagens, die sogar jemand durch Mark und Bein geht, der nicht unter einem Schock leidet, sehr dramatisch anhörte.
Und dann, neben meinem schluchzenden Atem, das beruhigende Gemurmel vom Krankenpfleger. Sogar in amerikanischen Fernsehserien können sie sich keine noch dramatischere Szene vorstellen. Ich weinte, als hinge meine Zukunft davon ab.
Und schon bekam ich eine Beruhigungsspritze. Das dachte ich wenigstens, denn auf einmal wußte ich von nichts mehr. Als ich wieder wach wurde, waren ein Arzt und noch ein Arzt und sogar ein Pfleger anwesend. Der Arzt sagte munter ›good day, Madam‹, als ob ich nicht gerade das Angriffsziel eines Mörders gewesen war.
»Mord«, rief ich.
Der Arzt fragte lächelnd, ob ich bitte mit meinen Augen dem Licht einer winzigen Taschenlampe folgen könnte. Ich tat es.
»Marianne«, rief ich.
Der Arzt klopfte mit einem Hammer überall auf meinem Körper herum und nickte erfreut. »Araber«, rief ich.
Der Arzt fragte, ob ich meinen Kopf nach vorne und dann wieder nach hinten beugen könnte.
»Das Hilton«, sagte ich, worauf er wieder lächelte.
»Darf ich Ihnen gratulieren?« fragte er. »Außer einem blauen Fleck am Schienbein sind Sie perfectly allright.«
»Marianne«, sagte ich wieder.
»I beg your pardon?« fragte der Arzt.
»Meine Freundin«, sagte ich enttäuscht. »Meine beste Freundin ist tot.«
Der Arzt lachte dieses Lachen, das Menschen meistens für Verrückte oder Betrunkene reservieren.
»Wir behalten sie noch einen Tag und eine Nacht zur Beobachtung hier, aber wir glauben nicht an eine Verletzung. Gleich

kommt jemand von der Verwaltung, um über die Versicherung zu sprechen, wenn Sie sich etwas erholt haben. Good day, Madam.«
Eine Schwester fuhr mich auf einer Krankentrage durch den Gang, obwohl der Arzt doch gesagt hatte, daß ich vollkommen in Ordnung war. Verwirrt versuchte ich nachzudenken. Frank, dachte ich, so schnell wie möglich rufe ich Frank an, und der hilft mir bestimmt. Und dann wurde ich in ein Zwei-Bett-Zimmer gefahren. Es lag schon jemand dort.
Die Schwester fragte, ob ich allein ins Bett kriechen könnte. Ich konnte es.
»Ein Telefon«, sagte ich.
Die Schwester sagte, ich müßte erst etwas ausruhen. Danach könnte ich im Gang telefonieren. Dann schaute ich seitwärts zu meiner Mitpatientin.
Ich bewundere das. Dieses Französische an Marianne. Sie konnte nichts sagen, denn es war etwas mit ihrem Kiefer. Sie hatte einen Verband darum, aber sie blinzelte mir fröhlich zu.
»Hast du starke Schmerzen?« fragte ich.
Beinahe unmerklich schüttelte sie ihren Kopf.
»Sie sollten nicht sprechen«, sagte die Schwester. So wenig wie möglich. Ihre Freundin ist weniger gut davongekommen als Sie.«
»Wird sie sterben?« fragte ich.
Die Schwester mußte darüber lachen, und Marianne warf mir einen Blick zu wie ›ich doch nicht‹.
»Ein gebrochenes Bein, zwei gebrochene Rippen, ein gebrochener Arm und eine Kieferfraktur. Alles an der linken Seite, denn das Auto hat sie nur links erwischt«, sagte die Schwester munter.
Ich hatte so ein Gefühl von ›wenn es nichts anderes ist‹ und fiel friedlich in Schlaf.
Als ich wieder aufwachte, saß ein Mann da. Ich hatte ihn früher schon einmal gesehen, das wußte ich sicher. Aber wo? Er saß da und las die Times, als hätte er alle Zeit der Welt, und nippte an einer Tasse Tee. Dieser Mann hat eine Melone, dachte ich und schaute unwillkürlich zur Seite. Marianne schlief. Durch den weißen Verband um ihr Gesicht fiel es noch mehr auf, was für einen herrlichen Alabaster-Teint sie hatte. Lange Wimpern lagen auf ihren Wangen. Ihr pechschwarzes orientalisches Haar lag wie ein Fächer auf dem Kissen.

»Are you still asleep?« fragte eine leise, höfliche Stimme.
Das ist wieder so ein Schauspieler, hatte Marianne gesagt, ein arbeitsloser Schauspieler. Ich wußte es wieder. Dieser Mann stammte aus dem Büro von Owens.
»Darf ich mich vorstellen«, fragte dieser Mann, als ich meinen Blick auf ihn richtete. »Und darf ich Ihnen dazu gratulieren, daß Sie mit so wenig Verletzungen davongekommen sind.«
Ich sah wieder zu Marianne. Sie hatte beim Klang der Stimme die Augen geöffnet. Und hatte sie gerade noch wie eine Puppe ausgesehen, mit der Doktor gespielt wird, so guckte sie jetzt äußerst wachsam.
»Ich bin Mr. Peaceful von Scotland Yard«, stellte sich der Mann vor.
Und durch diesen Ausdruck in Mariannes Augen sagte ich: »Können Sie sich ausweisen?«
Das konnte er. An das angebliche Schwimmbad-Abo von Achmed denkend, begnügte ich mich nicht nur mit einem Foto. Der Mann war kein arbeitsloser Schauspieler, er war Chefinspektor im Dienst Ihrer Majestät.
»Du hattest unrecht«, wandte ich mich Marianne zu.
Sie schloß verbittert ihre Augen.
»Möchten Sie, daß ich einen Dolmetscher hinzuziehe?« fragte Mr. Peaceful.
»Ich spreche fließend Englisch«, fuhr ich ihn an.
Allein schon durch seinen Vorschlag fühlte ich mich in meiner Ehre verletzt.
»As you wish«, sagte er höflich, meine Aggressivität ignorierend.
Und bescheiden, wie ich bin, erinnerte ich mich an eine englische Bekannte, die zu mir gesagt hatte: ›Tonia, du sprichst so gut englisch, daß ich fast vergesse, daß du nicht immer genau weißt, was du sagst.‹
»Ich denke, daß ich mich richtig ausdrücken kann«, schwächte ich meine vorherige Aussage etwas ab. Mr. Peaceful verbarg sein Lächeln hinter seinem Schnurrbart.
»Können Sie sich erinnern, wie das Auto, das Sie, äh, anfuhr, aussah?« fragte Mr. Peaceful.
»Groß«, sagte ich, »und silberfarben, glaube ich. Es kam so plötzlich auf den Bürgersteig gefahren. Es war bestimmt ein gestohlenes Auto, und es saß ein dunkler Typ am Steuer. Also ein

Araber. Und dann fuhr er plötzlich den Bürgersteig hoch, um meine Freundin und mich totzufahren, denn wir hatten, durch die großen Glasfenster gut zu sehen, bei der Kasse gestanden. Und meine Freundin da drüben hatte Fotos gemacht, und dann wurde ihre Kamera geklaut, nur die verkehrte, denn wir hatten Lady Isobel in einem sehr teuren Pelzmantel und auch tot gesehen. Und Maurene, ich weiß nicht, wie sie weiter heißt, aber sie ist auch so eine, sagte noch: du bist also auch so eine wie Vicky, du kannst mir Arbeit besorgen, und dann wurde also ihre Kamera gestohlen, weil wir mit den Kerlen gefrühstückt hatten, im Hilton also, wo wir wohnen. Und dieser Typ in diesem Kleid, das habe ich, glaube ich, schon gesagt, Abdullah hieß er, der hatte auf einmal eine Uniform an, und der Wäschesack, ein Wäschesack mit Victoria, wissen Sie. Und dann kamen wir diese Treppe rauf, und als wir einen ihrer Schuhe sahen, wußten wir schon Bescheid.«
»Ihre Freundin will, glaube ich, auch etwas sagen«, sagte Mr. Peaceful freundlich.
Und wirklich, aus dem Bett neben mir waren schon seit geraumer Zeit undefinierbare Laute gekommen.
»Meine Freundin hat eine Kieferfraktur«, sagte ich. »Die kann überhaupt nichts sagen.«
Das hatte mich doch gestört. Bei allem, was ich erzählte, hatte es Scotland Yard nicht für nötig befunden, Aufzeichnungen zu machen, obwohl er Notizblock und Stift gezückt hielt. Nun ging er in aller Gemütsruhe zu Mariannes Bett und reichte ihr das Schreibmaterial.
Marianne guckte nachdenklich über ihrem Verband zu mir herüber und schrieb dann im besten Schulenglisch: ›Meine Freundin ist etwas durcheinander. Es war ein silberfarbener Mercedes-Sportwagen mit der Nummer GB-97-GS. Er stand mit laufendem Motor zweihundert Meter weiter entfernt, also war es vorsätzlich geplant. Der Fahrer war braungebrannt, wahrscheinlich Engländer. Sah nicht wie ein Nordafrikaner aus. Sonst keine Information.‹
»Thank you, Madam« sagte Mr. Peaceful tief beeindruckt.
Jawohl, Marianne konnte es. Sogar in ihrem Zustand strahlte sie noch Flair aus.
»You are welcome«, schrieb ihre zitternde Hand auf.
Mr. Peaceful vergaß hier und jetzt, daß Marianne diejenige

gewesen war, die ihm vorhin so respektlos begegnet war. Er würde es nie mehr wahrhaben wollen, daß Marianne ihn als arbeitslosen Schauspieler betrachtet hatte.
Er reihte sich mühelos in das große Heer männlicher Bewunderer von La Belle Francaise ein.
»Wollen Sie nicht wissen, woher wir kamen, als wir im Coffee-Shop saßen?« fragte ich.
»Das weiß ich doch«, sagte Mr. Peaceful freundlich. »Ich sah Sie beide doch bei diesem Theateragenten.«
»Aber wollen Sie denn nicht wissen, wer oder was wir sind?« fragte ich wieder.
»Madam«, sagte Mr. Peaceful strahlend, »daß weiß ich sowieso schon lange. Sie sind die zwei charmanten Journalistinnen, über die mein Kollege sprach. Diese Damen, die Mrs. Winters gefunden hatten, als sie unten auf der Treppe lag. Jede ihrer Bewegungen in den letzten Tagen sind mir schon berichtet worden.«
Ich überlegte, daß ich mich wieder einmal getäuscht hatte. Dieses unscheinbare Männlein von der Polizei, das genauso getan hatte, als wäre Victoria wirklich nur gestürzt, war schlauer gewesen, als ich gedacht hatte. Und dann hörte ich einen mir bekannten Spruch.
»Ihre Freundin wird wohl noch ein paar Wochen hierbleiben müssen, aber Sie können morgen nach Hause. Sobald Sie aus dem Krankenhaus entlassen sind, kann ein Beamter Sie nach Heathrow bringen.«
Ich guckte zu Marianne hinüber. Ihre Augen waren schmale Schlitze geworden, wodurch ihr Blick etwas Intensives bekam. Übrigens auch etwas Gemeines.
»Wenn meine Freundin nichts dagegen hat, keinen Besuch zu bekommen«, sagte ich und wandte meine Augen von ihm ab und mit einem Blinzeln Marianne zu. »Es scheint mir eine gute Idee, nach Hause zu fahren«, sagte ich und dachte ›du kannst mich mal‹.

Ich hätte es eher tun sollen. Maurene aufsuchen. Marianne und ich hätten das nach dem Tod von Victoria als erstes tun müssen. Aber sie schien ein derart nichtssagendes Mädchen zu sein, und wir hatten die Wichtigkeit von nichtssagenden Mädchen noch nicht erkannt.
Ich rief nicht Frank vom Gang des Krankenhauses aus an,

sondern Maurene, um zu sagen, daß ich in einer Stunde bei ihr sein würde. Sie klang sehr fröhlich am Telefon, sagte, daß sie es nett fände, mich zu sehen. Und daß sie nicht viel Zeit hätte, da sie auf Reisen ginge. Ein reicher Bekannter nähme sie auf eine Reise mit. Wohin? Oh, nichts Besonderes, in Richtung Osten, den Mittleren Osten. So freundlich, sie hätte Geld bekommen, um etwas zum Anziehen zu kaufen. Nun würde jemand mit ihr gehen, um bei der Auswahl zu helfen, denn sie wisse nicht so recht, was sie kaufen sollte. Schön müßte es sein, denn sie kämen in eine mondäne Welt. Ob es nicht ein Traum sei. Sei es nicht terrific? Ob ich nicht mitkommen wolle? Sie könne vielleicht dafür sorgen. Eigentlich führe sie mit ein paar anderen Mädchen.
Und dumm wie ich war, sagte ich, daß ich gern mitwolle. Daß ich auch zu so einer Art Urlaub Lust hätte. Sie würde kurz mal fragen, ob das ginge, plapperte sie fröhlich. Ich sei doch hübsch genug, also warum sollte ich nicht mit können.
Arme Maurene. Meine Großmutter äußerte sich früher immer wichtigtuerisch über das Los von Frauen, das noch schlimmer als der Tod sei. Ich zweifelte an diesem Spruch, als ich Maurene fand und wieder die Polizei anrief. Vielleicht ist Totsein überhaupt nicht so schlimm wie das Sterben. Auf eine Art sterben, wie Maurene gestorben war, war bestimmt schlimmer, als welches Los auch immer. Sie hatte offensichtlich Widerstand geleistet. Das Zimmer bestand aus einem Haufen umgekippter Stühle und zerbrochener Glastiere, von denen sie an die Hundert gehabt hatte. Aber als ihr Mörder sie in eine Ecke trieb, schonte er ihre Lieblinge nicht. Sie lagen überall um sie herum. Giraffen mit gebrochenen Beinen, Elefanten mit abgebrochenen Rüsseln.
Während ich auf die Polizei wartete, saß ich stumm da und starrte auf all diese Tiere, um Maurene nicht angucken zu müssen, die mit dem Gürtel ihres Kimonos erwürgt worden war. Wenn ich nicht angerufen hätte, dachte ich, wenn ich nicht gesagt hätte, daß ich auch gerne mit in Urlaub wollte, dann wäre ihr der Mund nicht für immer gestopft worden. Sie hatte natürlich sofort danach telefoniert. Mit wem? Mit Owens, mit Slocumb? Oder war Owens Slocumb?
Ich sah es liegen, ihr Täschchen. Es steckte ein Notizbüchlein darin. Ein Kalender mit Alphabet. Und gerade, als die Londoner

Polizei die Treppe zu Maurenes Appartement hochkam, befand sich das Notizbüchlein in meiner Tasche.
Es war wieder so ein Mann, so ein Mann, der tat, als könnte er nicht bis drei zählen. Dieser Grobian fragte, wer ich sei und wo ich wohne und warum ich bei dieser Dame zu Besuch sei. Ich weigerte mich, etwas zu sagen, ich weigerte mich mitzuarbeiten. Ich forderte den Mann auf, sich augenblicklich – und das mit einer Geste in Richtung Telefon – mit Mr. Peaceful von Scotland Yard in Verbindung zu setzen. Wer er sich eigentlich einbildete zu sein, fragte ich ihn und ob er denn wisse, wer ich sei?
In Sekundenschnelle war Peaceful da. Sein schickes Englisch vermochte mich nicht mehr zu beeindrucken. Die väterliche Tour auch nicht. Ich war, verdammt noch mal, ein EG-Partner. Ich hatte eindeutig das Recht, mich im United Kingdom aufzuhalten. Ich hatte mich nicht, absolut nicht, mit krummen Sachen beschäftigt. Ich hielt mich strikt an meine Arbeit. Wußte er eigentlich, daß ich dem Journalistenverband angeschlossen sei? Ich tat also meine Arbeit, aber tat er die seine? Könne er mir dann vielleicht erklären, warum überall da, wo ich hinkäme, Mädchen ermordet und Anschläge verübt würden? Wenn er mir das erklären könne, würde stimmen, daß er zumindest etwas von seinem Handwerk verstünde. So wie ich von meinem. Denn er begreife doch wohl, daß eine gute Journalistin keine Leiche finden könne, ohne darüber zu schreiben. Ich forderte ihn ohne Umschweife auf, mich bei der Untersuchung mitarbeiten zu lassen; wenn nicht, mich dann wenigstens von den Ergebnissen zu unterrichten, falls es überhaupt Ergebnisse gab.
Auf einmal schoß mir eine Bekannte von ganz früher durch den Kopf. Jemand, den ich früher einmal getroffen hatte. Sie war zu einer berühmt-berüchtigten Kolumnistin und Klatschspalten-Journalistin aufgestiegen, und so schüttelte ich das Folgende einfach aus dem Ärmel.
»Heute abend habe ich eine Verabredung zum Diner«, sagte ich, »mit meiner Freundin July Cooper vom Daily Mail. Vielleicht hat sie Interesse für diese Geschichte.«
Das Resultat war, daß Herr Peaceful mit mir lunchen wollte. Und wirklich nicht in einem miesen Coffee-Shop, aus dem man nicht herauskam, ohne halbtot gefahren zu werden. Wir lunchten in seinem Club. Ledersofas, um einen Aperitiv zu sich zu nehmen, Queen-Anne-Mobiliar aus poliertem Nußbaum, der

Raum, mannshoch getäfelt. Aber ich ließ mich durch nichts beeindrucken, ich blieb streitlustig.
»Ich sehe, und Sie sehen doch auch, daß Sie unabsichtlich in eine unerfreuliche Sache hineingeraten sind?« fragte er.
Ich nickte.
»Eine Sache, die Sie nichts angeht«, versuchte er.
Ich blickte ihn kühl an.
»Die Sache geht mich aber an«, sagte ich auf meine überheblichste Art. »Wie man es auch betrachtet, ich habe zwei Leichen gefunden, und es wurde ein Anschlag auf mich und meine Freundin verübt. Niemand kann mir also erzählen, daß ich nichts damit zu tun hätte.«
Mr. Peaceful seufzte gelassen.
»Und es scheint manchmal so, daß Sie sich nicht einmal für das, was ich Ihnen erzählen kann, interessieren.«
»Madam«, sagte Peaceful ernst, »ich glaube nicht, daß Sie mir viel erzählen können, was ich nicht schon selbst weiß. Sie und ihre Freundin sind sogar auf dem Fest von Herrn Machmuth Salem stets unter unserer Aufmerksamkeit gewesen. Sie kamen herein, Sie sprachen mit den Mädchen, darunter die glücklose Maurene, Sie wurden betrunken und schliefen ein. Ihre Freundin ging mit einem der Gäste weg. Vorgestern fanden Sie die unglückliche Schauspielerin. Ihre Freundin blieb den ganzen Nachmittag auf ihrem Zimmer. Sie veränderten Ihr Äußeres. Ich will nicht sagen, daß es Ihnen nicht steht, aber es wäre nicht nötig gewesen. Sie waren bereits eine charmante Frau. Gestern abend gingen Sie und Ihre Freundin mit zwei Herren aus, und Sie verbrachten beide den größten Teil der Nacht auf deren Zimmern.«
Ich errötete bis über beide Ohren.
»Es rief für Sie verschiedene Male ein Herr aus den Niederlanden an, ich hoffe, Sie nicht in Verlegenheit zu bringen, aber es war etwas, das sich wie ein Wortwechsel anhörte.«
Jetzt wurde ich knallrot.
»Wieso wissen Sie das?« fragte ich.
Worauf Peaceful den einleuchtenden Satz sprach: »Scotland Yard schläft nie.«
»Sie haben uns beobachten lassen. Sie haben uns abhören lassen«, schrie ich und hatte für Peaceful dieselbe Abneigung, die ich schon immer gegen Nixon hatte.
»Soll ich fortfahren?« fragte der Bösewicht.

»Behalten Sie es ruhig für sich, ich glaube Ihnen schon.«
Gnadenlos fuhr er fort.
»Sie frühstückten«, sagte er, und gerade durch die Pause hinter diesem Wort klang es sehr unschicklich, »mit zwei Herren, und danach stieß ich auf Sie bei Mr. Owens, bei dem wir wohl beide, nehme ich an, zwecks Routineinformationen waren.«
Ich habe das Naturell eines Schulmeisters, ich mag es, Menschen bei Fehlern zu ertappen.
»Sie vergessen den Fotoapparat«, kreischte ich fast vor Vergnügen.
»Pardon?« fragte Peaceful.
»Sie vergessen die Fotoausrüstung, die in unserem Zimmer hing, von Marianne. Sie wurde während des Frühstücks gestohlen, wissen Sie noch?«
Er wußte es nicht. Es gab niemanden, der ihm das schon erzählt hatte. Und plötzlich hatte er ein Notizbüchlein und einen Stift und wollte notieren. Aber wußte ich etwa die Marke und die Seriennummer?
»Warum wurde die Kamera gestohlen?« fragte er. »Was war auf dem Film?«
»Marianne hatte Fotos von der Leiche gemacht«, sagte ich, »und hiervon und davon. Das macht sie immer.«
Ich wußte nicht warum, aber ich erzählte ihm nicht, daß der bewußte Film gerettet war. Ich erzählte ihm schon, daß Maurene auf Reisen gehen wollte und vorgeschlagen hatte, mich mitzunehmen.
Peaceful seufzte.
»Wir sind wieder genauso weit, wie wir schon waren«, sagte er, und an seinem Gesicht war nicht abzulesen, ob er die Wahrheit sprach. »Wir wissen, daß Mrs. Winters zu einer Organisation gehörte, die Mädchen in den Mittleren Osten exportierte. Aber wer dahintersteckt, wissen wir nicht.«
»Dieser Machmuth, der das Fest gab«, sagte ich.
Peaceful lächelte.
»Er half uns«, sagte Peaceful. »Er arbeitete mit uns zusammen.«
»Dieser Abdullah mit dem Wäschesack«, sagte ich wieder.
Peaceful dachte kurz nach, als wäge er ab, was er mir erzählen sollte.
»Victoria war tot«, sagte er dann, »tot, als Sie sie sahen. Sie starb

an Gift, das ihr wahrscheinlich ins Getränk gegeben wurde. Machmuth Salem hatte seine Mitarbeit geleistet, indem er das Fest gab. Das Hilton arbeitete auch mit, aber beide unter dem Motto: keine Skandale. Norton war als erster eingeweiht. Er rief uns an. Wir sagten: versuche, sie geräuschlos über den Personaleingang wegzubringen, wir übernehmen das Übrige. Es waren meine Männer, die sie dort auf die Treppe legten. Und dann konnten wir nichts tun, als abzuwarten, was passieren würde.«
»Ihr seid Schufte«, wurde ich ausfallend. »Mit einer armen Leiche Spaß treiben. Dabei ist es doch ein klarer Fall. Sie brauchen sie nur festzunehmen, diesen Owens, diesen Achmed und Bekir.«
»Wissen Sie einen triftigen Grund?« fragte Peaceful.
Ich war verblüfft.
»Achmed und Bekir taugen natürlich sowieso nichts«, sagte ich.
»Sie sind in ihrem Land und also auch bei uns einflußreiche Menschen«, fand Peaceful.
»Und Owens telefonierte mit diesem armen kleinen Call-girl«, sagte ich, »ich hörte ihn ins Telefon sagen: Jetzt nicht, Maurene.«
»Madam«, sagte Peaceful etwas amüsiert, »Sie ziehen etwas voreilige Schlüsse. Wissen Sie, wieviel Maurenes es in London gibt? Soweit wir es überblicken können, ist Owens nichts weiter als ein ziemlich guter Theateragent.«
Ich begriff plötzlich. Sie hatten hier in England eine schreckliche Neigung, Dinge herunterzuspielen. Keine Skandale im Hilton, keine Skandale mit befreundeten, investierenden Ölländern. Ein paar kleine Nutten tot, Schwamm drüber, Frau Journalistin, fahren Sie nach Hause und schlafen Sie gut.
»I wish you a good day, Mister Peaceful«, grüßte ich kühl und brach verärgert, doch würdig, auf.
Im Taxi konnte ich es schon wieder nicht lassen, ich griff zu Maurenes Kalender. Ich wußte genau, daß dieser Mann Slocumb heißen müßte, aber unter S stand nur ein Mr. Smith, ein Mr. Simons und eine Mary Sloan. Auf der Seite O von Maurenes Telefonregister stand alles mögliche, nur kein Owens. Mutlos blätterte ich den Kalender der letzten Wochen durch. Sie hatte gute Arbeit geleistet, diese Maurene. Aber wer war diese Kontaktperson und wie konnte ich ihn herausbekommen?

Und dann sah ich den Namen, der mich auf eine Idee brachte. Mr. Shuriata stand dort, in Maurenes anständiger Schulschrift geschrieben unter dem Datum von vorgestern. Um acht Uhr in der Patio. Und Mr. Shuriata konnte niemand anderes sein als mein Buddha Rubin. Er hatte angerufen und sie bekommen. Buddha wußte also Slocumbs Telefonnummer und würde sie mir geben, wenn er nicht gerade nach Indien abgereist war.
Ins Hilton zurückgekehrt, ging ich mit scheuem Blick durch die Empfangshalle. Denn, wem ich bestimmt nicht über den Weg laufen wollte, waren Achmed und Bekir. Ich erschrak kurz, als aus dem Lift, in den ich hinein wollte, ein Araber trat, der mir bekannt vorkam. Er erkannte mich auch, und verneigte sich grüßend. Es war Goldzahn mit den perversen Gelüsten, vor dem ich auf dem Fest gewarnt worden war. Er lachte strahlend und entblößte dabei die ganze kostbare Zahnarztarbeit. Aber kurz bevor die Fahrstuhltüren zugingen, sah ich, daß er mir nachguckte. Jetzt ohne zu lachen und mit einem nicht so freundlichen Blick. Ich fand ihn eklig.

Als ich in mein Zimmer kam, klingelte das Telefon. Kurz zog ich in Erwägung, nicht ranzugehen, denn ich war Achmed gegenüber schon etwas paranoid geworden. Aber Gott wußte, wer er war, und ich wollte es auch wissen.
»Hallo«, sagte ich vorsichtig.
»Wo hast du, verdammt noch mal, die ganze Nacht gesteckt?« brüllte mein Frank von Amsterdam aus ins Telefon. »Ich höre nichts von dir. Du rufst nicht an, wie versprochen, und du scheinst nie in deinem eigenen Bett zu liegen.«
»Oh«, sagte ich, »wie bist du mißtrauisch. Wie schlecht von dir.«
»Jede Stunde«, schrie Frank, »buchstäblich jede Stunde habe ich es versucht.«
»Frank«, sagte ich, »hör mal kurz zu.«
»Du läufst da natürlich mit roten Haaren und einem BH herum, um mit Marianne so richtig einen loszumachen. Du bist schon immer leicht zu beeinflussen gewesen.«
»Marianne ist kaputt«, sagte ich, »total kaputt.«
»Aus Verdruß?« fragte Frank sarkastisch.
»Links«, sagte ich, »allles, was links sitzt, ist bei ihr kaputt.«
»Marianne ist nie links gewesen«, rief Frank, »überhaupt nie.

Erinnerst du dich an das Fest, auf dem sie Igor Cornelissen und Joop van Tijn so quälte, und Max van den Berg will nie mehr von ihr fotografiert werden. So rechts ist sie.«
»Nun hör mal zu«, fiel ich ihm ins Wort. »Sie wurde angefahren. Sie hat sich wirklich etwas gebrochen. Ihr ist ein Auto in die linke Seite gefahren, und jetzt liegt sie im Krankenhaus.«
»Was sagst du?« fragte Frank.
»Sie ist geschient«, rief ich, »überall geschient, bis hinauf zum Kiefer, und sogar der, glaube ich, und da war ich heute nacht. Ich hielt ihr die Hand im Krankenhaus.«
Und so ist dann mein Frank. Er kann wohl mal wütend wegen nichts werden, aber wenn Not an der Frau ist, ist er die Besorgtheit in Person.
»Ist mit dir alles in Ordnung?« fragte er. »Du bist doch nicht auch unter ein Auto gekommen?«
»Nein«, sagte ich, ohne zu lügen, »mir fehlt nichts.«
»Komm schnell nach Hause, Mädchen«, sagte Frank. »Nichts mit Mord herausfinden und nichts mit Artikel schreiben. Komm schön nach Hause, Fernsehen gucken und ich kaufe Nasi Goreng, damit du nicht zu kochen brauchst. Und morgen nett mit deiner Freundin Netty plaudern und eine Tasse Kaffee genießen. Du brauchst doch eigentlich nicht Karriere zu machen. Ich verdiene doch genug für zwei. Das habe ich heute nacht gedacht, Tonia, als ich dich jede Stunde anrief. Warum ist sie nicht zu Hause, sie braucht doch nicht weg zu sein?«
So machen sie es also, die Männer. Frauen verführen, um sie anpassungswillig zu machen, indem sie ihnen dann in kritischen Momenten äußerst verführerische Dinge vorspiegeln.
»Frank, ich liebe meine Arbeit«, sagte ich.
»Mehr als mich?« fragte er samtweich.
Das ist Erpressung. Kann man in so einem Augenblick zu einem Mann, den man liebt, sagen: »Du, ich finde dich großartig, mit einem Wort gewaltig. Aber meine Arbeit ist die Nummer eins?«
»Frank«, sagte ich diplomatisch, »ich kann Marianne jetzt doch nicht in Stich lassen? Sie liegt dort im Krankenhaus und fühlt sich schrecklich bedauernswert und traurig. Wer weiß, ob es wieder gut wird. Und es muß sie doch jemand besuchen.«
»Möchtest du, daß ich nach London komme?« fragte Frank. »Um auch an Mariannes Bett zu sitzen?«

»So schlimm ist es nun auch wieder nicht«, sagte ich, »ich schaffe das schon allein.«
Zu meiner Erleichterung redete er nicht weiter auf mich ein, fragte wohl, in welchem Krankenhaus sie läge, sagte, daß ich mich natürlich nicht wirklich abhetzen müsse. Ich könne ruhig noch ein paar Tage bleiben. Ich versprach, mich schnell wieder zu melden, das war's.
Und dann setzte ich mich erstmal auf den Rand meines Bettes. Denn noch nie, noch nie in meinem ganzen Leben habe ich die Rezeption eines Hotels um die Telefonnummer eines Mannes gebeten. Und noch nie habe ich mich so nur von mir aus einen Mann genähert. Meine Mutter hatte mir immer vorgehalten: selbst wenn du mutterseelenallein und einsam bist, guck' so, als ginge es dir gut und laß den Mann auf dich zukommen, gib keine Impulse von dir aus. Daran habe ich mich immer gehalten. Aber ich fühlte mich Marianne und dem Gedenken an Victoria und Maurene verpflichtet. Also wählte ich etwas zitternd die Nummer des Telefonisten und erzählte ihm, daß ich zu Herrn Shuriata durchgestellt zu werden wünschte.
»Legen Sie auf«, sagte der Telefonist, als wäre es die normalste Sache der Welt, daß eine Frau einen Mann anrief.
»Hallo«, sagte Buddha Rubin.
Und dann fiel es mir wieder ein. Ich war ein Meter sechsundsiebzig und hatte eine Figur wie eine griechische Göttin. Buddha war ein Meter sechzig und hatte einen Bauch, als wäre er im siebten Monat schwanger. Ich war eine Feministin von Welt, und er ein Durchschnittsmann aus Indien. Ich war mir plötzlich wieder meiner Überlegenheit bewußt und fand den richtigen Ton.
»Guess who I am?« rief ich munter. »Du darfst dreimal raten.«
»Ich kann es nicht glauben«, rief Buddha, und ich sagte schwül: »Glaube es lieber doch.«
Ich fragte, ob ihm sieben Uhr in der Bar recht sei, denn ich wolle nichts lieber, als ihn wiedersehen. Buddha sagte, daß er fast nicht mehr warten könne. Und ich wußte ganz sicher, als ich den Hörer auflegte, daß er noch in aller Eile das Kamasutra studieren würde.
Dieser Erfolg hatte mich übermütig gemacht. Was man einmal gemacht hat, schafft man leicht wieder. Peaceful hatte mir, ohne es zu wissen, geholfen. Ich wußte jetzt den Nachnamen von Freund Achmed. Übermütig rief ich erneut die Zentrale an, bat

um Weiterverbindung mit Mr. Salem, und auch Allah schien mir gnädig.
Mr. Machmuth Salem war anwesend.
Was ich wolle, fragte er höchst erstaunt.
»Ein paar kleine Fragen, etwas Aufklärung über einige Dinge.«
»Muß das jetzt sein?« fragte er.
»Ja, das muß jetzt sein«, sagte ich, »oder besser im Laufe des Abends.«
Mr. Salem hatte eine Verabredung zum Diner, erzählte er, würde aber gegen zehn wieder in seinem Appartement sein. Er erwarte mich, aber ich dürfe nicht böse sein, wenn er nur kurz mit mir allein sprechen könnte. Seine Schwester Fatima sei heute in London angekommen, und er könne sie nicht so lange vernachlässigen. Sie würde es übrigens nett finden, eine westliche, gebildete Frau kennenzulernen.
Als ich den Hörer aufgelegt hatte, tanzte ich vor Freude herum. Was will eine spurensuchende Journalistin noch mehr?

6

Natürlich hätte ich ganz gerade heraus sagen können: ›Tag, Buddha, ich finde du bist ein sehr netter Kerl, aber hör mal, das einzige, was ich möchte, ist diese Telefonnummer, mit der du Call-girls herbestellst.‹ Und natürlich hätte er dann mit seinem witzigen indischen Akzent ›Yes, please, of course, please, nice to help you, please‹ gesagt. Aber warum sollte ich den leichten Weg gehen, wenn es auch einen schweren gab?
Außerdem wollte ich die schicke Seidenbluse und den Rock mit den bildschönen Lackstiefeln anziehen. Ich hätte natürlich gut so, wie ich war, nach unten gehen können. Wer tat mir was? Aber nein, ich wollte mich ankleiden, wie man das nennt. Als ich dann endlich nach unten ging, trug ich die Ohrringe von Marianne, die ich schon immer sehr bewundert habe. Und sie fand es bestimmt in Ordnung, daß ich ihr kleines schwarzes Lacktäschchen benutzte. Und die Netzstrümpfe würde ich ihr vergüten, falls sie kaputt gingen. Und zu den Netzstrümpfen gehörte nun unbedingt dieser Strumpfgürtel. Kurzum, ich hatte Stil, als ich zu meiner Verabredung eilte. Nur war es nicht ganz mein eigener Stil.
Aber vor dem Unsicheren erledigte ich zuerst einmal das Sichere. Ich rief Frank an.
»Was willst du jetzt tun?« fragte Frank.
»Essen, ein Gläschen trinken und dann früh ins Bett«, sagte ich und hatte in dem Moment die feste Absicht dazu.
»Lieb von dir, daß du anrufst«, sagte Frank, und: »Paß gut auf dich auf.«
Ich sagte alles Gute und tschüß und tschau und gute Nacht mit einem Kloß in der Kehle. Denn ich liebe zufällig diesen Mann.
Und dann spazierte ich selbstsicher in die Bar. Er war schon da. Er stand sofort auf, als ich bei ihm ankam, er lächelte, er verbeugte sich, küßte mir die Hand und lächelte weiter. Er sagte, sein Herz habe so schnell geklopft, nachdem ich angerufen hatte. Er hätte einen Tisch im Indian House gleich um die Ecke bestellt

und er hätte Blumen bestellt, aber das hätte leider nicht geklappt, und ob er nun Champagner bestellen solle?
Er spielte den Mann von Welt, er war kurz James Bond und auf einmal fühlte ich mich von Mitleid übermannt. Durch alle meine Therapien, meine Frauen-Selbsterfahrungsgruppen und meine internationalen feministischen Kongresse hatte ich gelernt: der Mann ist unser Feind, ein männlich-chauvinistisches Schwein, das uns unterkriegen wollte, buchstäblich und bildlich. Aber guck dir nun mal so ein Dickerchen an. Er war zweifelsohne nett, aber wie sah er aus. Keine Spur von Sex-Appeal. Und doch hatte so ein Männchen seine Träume und Fantasien. Und bestimmt nicht von Damen, die über eine Telefonnummer kamen.
Tonia, was um Gottes Willen geht dir durch den Kopf, dachte ich und ließ jedes sogenannte Versprechen von meinem Gesicht entweichen.
»Hör mal, du«, sagte ich kurz, »ich bin Journalistin, weißt du, und ich möchte nur ein paar Informationen für einen Artikel. Es tut mir leid, wenn ich vielleicht einen falschen Eindruck erweckt habe, es war nicht so gemeint.«
Und Buddha stellte sich wirklich als ein Mann von Welt heraus. Er riß sich zusammen und sagte: »Please, aber wollen Sie auch nicht mit mir essen?«
Ich hasse Tandori-Chicken, ich mag keinen Curry und keine kleinen dünnen Pfannkuchen. Aber ich sagte, daß es mir ein Vergnügen wäre, wenn es ohne Komplikationen ginge.
Und während des Essens erzählte ich, daß das Mädchen Maurene gestorben war, daß ich sie gefunden hatte und Scotland Yard nichts tat.
Buddha schüttelte seinen Kopf.
»Sie war ein nettes Mädchen«, sagte er, »auch wenn sie so etwas machte, na ja. In meinem Land würde ein Mädchen so etwas nicht tun. Kein Mädchen einer angesehenen Kaste.«
»Du willst doch nicht, daß ich etwas tue?« fragte er auf einmal erschreckt. »Ich habe nichts damit zu tun. Ich besitze eine internationale Firma, eine Frau und Söhne. Auch Söhne. Ich will nichts mit der Polizei zu tun haben, und wie das Mädchen von vorgestern hieß, weiß ich nicht mal mehr.«
»Scheißkerl«, sagte ich auf niederländisch und beruhigte ihn auf englisch.
Nur die Telefonnummer, die wollte ich gern haben. Buddha

beeilte sich besonders, sie mir zu geben. Er beeilte sich auch mit dem Bezahlen und er wollte mich, oh, so gern loswerden. Er hatte mit alledem nichts zu tun, er war müde und mußte ins Bett. Und auch, als ich beruhigend sagte, ich hätte keine Sekunde gedacht, daß er etwas mit was auch immer zu tun habe; Buddha machte sich, so schnell er konnte, aus dem Staube und ließ mich verblüfft zurück.

Aber die Nummer hatte ich. Auf einem Stückchen Papier.

Ich schaute auf die Uhr. Ich hatte noch eine Stunde Zeit, bevor ich zu Mr. Machmuth konnte. Ich überlegte, daß ich jetzt, wo Buddha fort war, eigentlich ganz gut in diesem India House saß. Ich bestellte Kaffee und öffnete den Knipsverschluß von Mariannes schwarzer Lacktasche. Aber anstatt Maurenes Notizbuch herauszuholen, wie ich es beabsichtigt hatte, schob ich den Papierschnipsel mit der Telefonnummer blitzschnell hinein. Denn plötzlich saß mir, wie aus dem Nichts gekommen, jemand gegenüber. Und verdammt, er sah wie Omar Sharif aus und schien recht froh darüber, mich so zufällig hier zu treffen.

»Wie geht es dir?« fragte Achmed und legte zärtlich seine Hand auf meine Hand und auf das Täschchen.

Wäre ich eine Amerikanerin gewesen, hätte mir zweifelsohne das richtige Wort auf den Lippen gelegen. Dann hätte ich ›terrific‹ gerufen und damit wäre die Sache erledigt gewesen. Ich bin nun einmal nur eine Niederländerin. Ich sagte: »Not bad.«

»Wie meinst du das?« fragte Achmed. »Was ist denn passiert?«

»Nichts«, sagte ich.

»Und wo ist deine Freundin?« fragte er.

»Zu Bett gegangen, im Hotel.«

Wetten, daß dieser Kerl mehr über das wußte, was wirklich passiert war? Ich sah einen Funken von Erstaunen in seinen Augen; er wußte, daß ich dort saß und log, daß sich die Balken bogen.

»Darling«, sagte Achmed zärtlich, »erzähl' mal, was los ist.«

Und auf einmal wußte ich, wie Marianne sich aus dieser Situation gerettet hätte.

»War es nicht ein schöner Tag heute«, fragte ich. »Herrliches Wetter, fandest du nicht?«

Achmed lachte das Lachen, das für Frauen, die naiver sind als ich, so unwiderstehlich gewesen wäre.

»Mein Freund Bekir war untröstlich, als es gestern so aussah,

als wäret ihr nicht mehr im Hotel«, sagte er, »und ich war auch ganz traurig, daß du ohne Abschied zu nehmen abgereist sein solltest. «
›Scheißtyp‹ dachte ich, du weißt bestimmt gut, wo wir waren. Wenn er es doch wußte, warum saß ich dann hier und spielte Verstecken?
»Weißt du«, sagte ich, »erzähl mal deinem kleinen Freund, daß Marianne halbtot ist. Sie liegt im Krankenhaus mit allen nur möglichen komplizierten Brüchen. Sie wird den Rest ihres Lebens wohl humpeln müssen. Und ob der Arm wieder gut wird, ist noch die Frage. Sie hat Schwierigkeiten mit dem Armen, weil ihre Rippen zertrümmert sind, und ihr Kiefer, na, über den will ich gar nicht sprechen.
Achmed schnalzte mitfühlend mit der Zunge.
»Und du?« fragte er. »Was hast du?«
»Einen blauen Fleck«, sagte ich bitter, »und das nur, na ja, dadurch, daß das Auto auf den Gehweg fuhr.«
»Ein Verkehrsunfall«, stellte Achmed fest.
Das fand ich nun heuchlerisch, denn er mußte doch wissen, daß ich nicht total verrückt war.
»Die Geißel des zwanzigsten Jahrhunderts«, rundete Achmed seine Geschichte ab.
Wie werde ich diesen Mann los, dachte ich.
»Darf ich dir etwas zu trinken bestellen?« fragte Achmed.
»Kaffee«, sagte ich liebenswürdig, »just coffee«, und schielte auf meine Uhr.
Achmed sah das.
»Hast du noch eine Verabredung?« fragte er freundlich.
»Ich bin müde«, sagte ich. »Todmüde nach allem, was ich mitgemacht habe.«
»Dann gehörst du ins Bett«, stellte Achmed sachlich fest, und es klang nicht danach, als wollte er dabei sein. »Aber Darling, wenn du ins Bett willst, warum dann Kaffee. Koffein ist schlecht für den Schlaf. Laß mich dir einen Schlaftrunk bestellen.«
»Spa-Wasser«, sagte ich, was man natürlich in England nirgends kriegen kann.
Sie wissen kaum, daß es Belgien gibt, und schon gar nicht, daß dieses Land auch noch etwas exportiert, also bestellte ich Perrier-Wasser.
Ich wurde bei dem Gedanken nervös, mit Achmed zu Fuß ins

Hotel gehen zu müssen. Es war zwar nur um die Ecke, aber ein Mensch ist schnell um die Ecke gebracht. Als ich es nicht länger hinausschieben konnte, war ich so nervös, daß mein Stuhl, als ich aufstand, mit einem donnernden Getöse umfiel. Ich stieß mir auch mein Knie, wobei eine Laufmasche in Mariannes Netzstrümpfe kam. Und macht man erstmal einen Schnitzer, folgen bestimmt weitere.

Es waren nur vier Stufen zwischen der Garderobe und der Außentür. Aber nicht gewöhnt Stiefel mit hohen Absätzen zu tragen, trat ich falsch auf, fiel hin und brach einen Absatz ab. Danach hatte ich dann keine Angst mehr. Denn wenn man wie ein Krüppel, mit einem Bein, das zehn Zentimeter länger als das andere ist, am Arm eines Herrn über die Straße humpelt, meint man, es könne einen nichts Schlimmeres mehr passieren.

In diesem Bewußtsein ging ich, von Achmed unterstützt, so würdevoll wie möglich in einer Art Hinkefuß-Schritt durch die Empfangshalle und haßte Mr. Norton, der so gottverdammt englisch, wie er wohl in Wirklichkeit nicht war, und breit grinsend die Szene beobachtete. Dieser Mann hätte mich beschützen müssen und nicht auslachen. Ich beantwortete seinen fröhlichen Gruß mit einem kühlen Nicken und dachte plötzlich: verdammt noch mal, die können mich alle.

Also ging ich mitten in die schicke Halle und setzte mich auf einen Stuhl, um meinen Stiefel auszuziehen. Aber leider hatte ich etwas vergessen. Das ging nicht so einfach. Und es war Achmed, der, ohne mit der Wimper zu zucken, begann, an meinem ausgestreckten Bein zu zerren und zu ziehen. Und als es ihm mit viel Mühe geglückt war, das Ungetüm von meinem Bein zu kriegen, zur Freude all derer, die gerade vorbeigingen, tat ich noch etwas Ungewöhnliches. Ich legte die Stiefel in einen Papierkorb und ging auf Strümpfen zum Lift.

Ich dachte, daß Achmed da bleiben würde. Ich weiß nicht, ob er mich aus- oder anlachte, aber im Lift lachte Achmed sich halbtot. Während ich mit einer Haltung wie ›ich bin die Königin, und wer seid ihr überhaupt?‹ über den Flur zu meinem Zimmer ging, bog sich Achmed noch immer neben mir vor Lachen. Und das ist nun eigentlich nett. Lachen tut man in allen Sprachen gleich. Ha ha ha, hu hu hu und hi hi hi. Lachen braucht man nicht zu übersetzen. Das ist international.

»Good night«, sagte ich an der Tür zu Achmed, und ich weiß

nicht, was daran nun wieder so lustig war, aber er setzte zu einem neuen Heiterkeitsausbruch an.
»See you«, rief er, und nachdem ich die Tür von innen gut verriegelt hatte, hörte ich wie Achmed sich kichernd verzog.
Ich wartete ein paar Minuten, denn Achmed könnte sich was weiß ich für Ausreden ausdenken, um zurückzukehren. Aber es passierte nichts. Dann eilte ich zum Telefon und wählte also diese Nummer. Ich war vorbereitet. Wenn der bewußte Slocumb abnahm, wüßte ich ihm schon eine Geschichte zu erzählen. Ich würde sagen, ich wäre gerade nach London gekommen und hätte gehört, daß er wohl ab und zu Arbeit für hungrige Mädchen hätte. Dann würde er sagen, daß ich doch mal vorbeikommen sollte, um mich begutachten zu lassen. Und schon hab' ich ihn.
Es war tatsächlich ein Mann, der abnahm. Er hatte eine gewählte Sprache, ohne Zweifel. Aber er sagte nicht seinen Namen. Er nannte ganz einfach seine Nummer und machte dann eine kleine Pause.
»Spreche ich mit Mr. Slocumb?« wollte ich ihm in seine Rede fallen.
Das konnte ich aber nicht, denn was da sprach, war ein Band. Ich sprach mit der Telefonnummer von Excort- und Social-Service. Falls ich Wünsche hatte, konnte ich die zugleich mit Namen, Adresse und Telefonnummer aufs Band sprechen. Ich würde zurückrufen.
Die Wünsche, die ich hatte, waren nicht aufnehmbar, und was meinen Namen und Aufenthaltsort anbelangte, so würde ich mich schwer hüten. Entmutigt legte ich den Hörer auf. Allein konnte ich es also nicht schaffen. Ich würde Peaceful hinzuziehen müssen und ihn bitten, herauszufinden, von wem diese Nummer war. Und Peaceful würde lächeln und sagen: nun fahren Sie mal schön nach Hause.
»Verdammt«, fluchte ich und legte den Zettel mit der Nummer auf den Schreibtisch, oben auf die Presse-Mappe über Victoria. Von ihrem Foto aus lachte sie mich spöttisch an. Als ob sie sagen wollte: Tonia, du bist nicht so gut, wie du manchmal denkst. Und plötzlich wußte ich auch nicht mehr so richtig, was ich bei diesem Machmuth Salem sollte.
Mürrisch fing ich an, mich auszuziehen und sah auf Mariannes Netzstrümpfe. Sie waren bestimmt sehr teuer gewesen. Ich warf

die seidene Bluse zusammengeknüllt auf den Boden. Während ich mir eine Zigarette ansteckte, beschloß ich, ein bißchen nachzudenken. Da ich nicht mehr beabsichtigte wegzugehen, schenkte ich mir ein ordentliches Gläschen ein, weil es damit besser geht. Ich dachte an meine schönen Stiefel, die so traurig im Papierkorb gelegen hatten. Ein idiotischer Einfall, denn der Absatz hätte noch gut repariert werden können.

Dann ging das Telefon. Und wenn das nicht passiert wäre, wäre alles anders verlaufen. Ich griff zum Hörer und rief: »Ha, der Frank.« Aber es war nicht Frank, es war Machmuth. Ob ich die Zeit vergessen hätte, sie hätten oben so ein nettes Fest, und seine Schwester Fatima brenne darauf, mich kennenzulernen.

»Ist es genauso nett wie das vorige Fest?« fragte ich sarkastisch und guckte unwillkürlich auf Victorias lachendes Fotogesicht. Und dann sah ich es. Neben ihrem Foto standen Geburtsdatum, Adresse und Telefonnummer. Auf der Presse-Mappe lag der Zettel mit der Nummer, die ich von Buddha bekommen hatte. Es war dieselbe Nummer. Ohne zuzuhören, was Machmuth alles sagte, dachte ich rasend schnell nach.

»Jesus«, sagte ich.

»Was hast du gesagt?« fragte Machmuth.

Victoria gab es dort nicht mehr, ein Mann saß dort, um den Anrufbeantworter abzuhören.

»Weißt du noch das Stockwerk?« fragte Machmuth.

»Ja, ich komme gleich«, fuhr ich ihn ungeduldig an.

Was sollte ich tun? Ich würde nicht zu Machmuth gehen, auch wenn ich mich früher am Tag selbst eingeladen hatte. Ich würde diesen Peaceful von Scotland Yard mal zeigen, wo's lang geht. Ich würde jetzt sofort in dieses Wespennest in Chelsea gehen, um zu sehen, wer am anderen Ende der Telefonleitung saß. Das brauchte ich dann nur durchzutelefonieren, und ich, die große Journalistin, hätte das Verbrechersyndikat aufgedeckt.

Ich zog meine eigenen alten, heißgeliebten Jeans und ein paar herrliche Treter an. Ich kämmte flüchtig mein Haar und fühlte mich kampfbereit. Ich würde klingeln, er würde von oben öffnen, und dann würde ich die Treppe hochgehen. Im Lift nach unten dachte ich plötzlich: und dann? Und auf einmal war ich mir meiner nicht mehr so sicher. Wer Mr. Slocumb auch war, er würde es nicht nett finden, mich zu sehen. Er würde bestimmt nicht sagen: Kindchen, setz dich mal und was darf ich dir

anbieten? Oder vielleicht gerade doch. War Victoria nicht auch auf diese Art umgebracht worden?
Als ich unten angekommen war, war ich gar nicht mehr so sicher, und Mr. Norton verstärkte dieses Gefühl noch. Er sah mich dort etwas zögernd beim Lift stehen und stand auf. Winkte mich näher heran, fragte mich äußerst höflich, ob ich mich kurz zu ihm setzen wolle, und ob er vielleicht etwas zu trinken holen lassen solle, denn er würde gern mit mir reden, falls es mir nicht unangenehm sei. Ich fände das überhaupt nicht schlimm, sagte ich, und als gute Niederländerin schlage ich sowieso nichts ab, was mir angeboten wird.
»Gefällt es Ihnen im Hotel?« fragte Norton höflich.
Weil ich immer das innere Bedürfnis habe, über irgend etwas zu meckern, und weil ich sein Grinsen über die Stiefel noch nicht vergessen hatte, sagte ich, daß ich die Handtücher eigentlich zu klein fand. Zwischendurch lugte ich aus den Augenwinkeln heraus zu dem bewußten Papierkorb. Vielleicht könnte ich sie beim Weggehen so en passant mitnehmen. Aber leider waren sie nicht mehr da.
»Ich werde sehen, was ich tun kann«, sagte Norton und machte sich eine Notiz.
Danach erzählte er, daß er nun, wo meine Freundin auf so tragische Weise ins Krankenhaus gekommen war, nur ein Einbettzimmer in Rechnung stellen würde. Ich dachte mir, daß mein Chefredakteur das zu schätzen wüßte. Also sagte ich das. Und dann, etwas vornüber gebeugt, fragte Mr. Norton, ob ich noch Pläne für den Abend hätte. Ich überlegte, ob das ein unanständiges Angebot war, für das ich überhaupt nicht in der richtigen Stimmung war.
»Ich wollte noch ein bißchen weggehn«, sagte ich unwirsch.
Mein Gefühl war falsch gewesen. Mr. Norton war nur besorgt. Oder besser ausgedrückt, stellvertretend besorgt. Mir war schon klar, daß er oder besser das Hilton, Kontakt zu Scotland Yard unterhielt, und ich war natürlich ein freier Mensch und konnte mitten in der Nacht durch Soho oder das Eastend spazieren. Aber Mr. Peaceful war besorgt und hatte gebeten, mich, wenn nötig, zu warnen. Solange die Geschehnisse der letzten Tage nicht aufgeklärt waren, war es vielleicht nicht sehr klug, nachts ohne Begleitung auf die Straße zu gehen. Eigentlich sagte Norton das, was ich gerade gern hören wollte. Denn die Lust, mich

halsüberkopf mit Victorias Geschäftspartner zu konfrontieren, war inzwischen lange vorbei. Aber andererseits: was ging ihn das an?
Goldzahn bot mir die Alternative. Ich sah ihn mit jemand durch die Drehtür hereinkommen, wobei mir wieder Machmuths Party einfiel.
»Ein kleines Fest im Hotel?« fragte ich spottend. »Wäre das erlaubt?«
Mr. Norton lächelte. Dachte er an die tote Victoria, die in einem Wäschesack weggeschafft wurde, als er sagte: »Natürlich, im Hotel können wir Ihnen eine gewisse Sicherheit garantieren, vorausgesetzt, daß Sie sich zurückhaltend benehmen. Aber wer sollte daran Zweifel haben?«
›Mistkerl‹ dachte ich, als ich ihn verließ, um mit Goldzahn und noch jemand im Lift zu landen.
»Welcher Stock?« fragte dieser Noch-jemand, den Finger dienstbeflissen an der Knopfamatur.
»Wohin?« fragte Goldzahn, als ich Machmuths Etage nannte.
Also auch, wie nett und schrecklich gemütlich.
Warum fragen er und dieser Noch-jemand mich eigentlich auf französisch, wohin ich wollte, fragte ich mich überrascht. Marianne war jetzt doch nicht dabei? Und als ich an Marianne dachte, kam mir wieder der Spruch ins Gedächtnis zurück: so ein verdammter arbeitsloser Schauspieler. Jetzt stand er Hand in Hand mit Goldzahn da, dem mit der griechischen Vorliebe. In seiner vorigen Rolle war er Butler bei Mr. Owens gewesen. Ich korrigierte mein sofortiges Mißtrauen in bezug auf alles, was mit Mr. Owens zu tun hatte. Gut, der Mann war ja nach Mariannes Meinung Schauspieler. Und habe ich in Amsterdam nicht manchen Schauspielerfreund, der mehr auf Männern steht? Aber ich hatte doch die Information, daß Goldzahn ..., na ja. Macht bei einer solchen Vorliebe das Geschlecht etwas aus? Wenn sich sogar Victoria dem Gesetz von Angebot und Nachfrage unterwarf, warum dieser Butler nicht auch?
Und schon war ich wieder bei der Kernfrage. Wer bot an? Aber ich hatte nicht so schrecklich viel Zeit, darüber nachzudenken. Der Lift hielt an, wir gingen über den Flur. Ich sagte, daß das Wetter schön gewesen sei, nicht wahr? Und sowohl Goldzahn als auch sein Freund hatten das Wetter auch herrlich gefunden.
Abdullah öffnete die Tür, lächelte, verbeugte sich, und zu

meinem Leidwesen war e r wieder da. Er beherrschte sich jetzt, und ich wußte, warum er so hatte lachen müssen, als er mich vorhin zu meinem Zimmer gebracht hatte. Ich wußte, warum er so humorvoll ›see you‹ gerufen hatte. Das Luder hatte gewußt, daß ich kommen würde.
»Hallo«, sagte Achmed und führte meine Hand an seine Lippen. »What a pleasant surprise.«
Ich war froh, daß mich Machmuth weiterführte und anderen vorstellte. Je weiter von Achmed weg, desto besser. Ali und Hassan und Humphrey und Mohammed und my sister Fatima, Brian und Abdullah und Gott weiß wer noch alles. Obwohl es in dieser Gesellschaft wohl Allah am besten wissen würde.
Es gab einen Unterschied zwischen diesem und dem vorigen Fest, stellte ich fest, nachdem ich endlich die Reihe durch hatte und mit einem Drink in der Hand in der Ecke des Zimmers allein gelassen wurde. Keine Maurene, keine Vicky, kein Badezimmer mit verführerischen Parfums. Nur my sister Fatima und ich, sonst nur Männer. Ich überblickte das mir noch wohlbekannte Zimmer und beobachtete. Goldzahn, der mit mir zusammen hereingekommen war, war in der Menge schwarzäugiger Herren untergetaucht. Ich müßte sein Lachen sehen, um ihn da auszumachen. Dieser ›und-Noch-jemand‹-Butler-Schauspieler sprach mit, hieß er nicht Brian? Der mir wiederum auch bekannt vorkam.
Abdullah nahm mein leeres Glas und gab mir ein anderes. Es war eine Art Cocktail auf dem eine Gardenie schwamm.
»Ich habe so ein ›déjà-vu‹-Gefühl«, sagte ich so vor mich hin und war deshalb ganz erstaunt, als ich eine Antwort bekam.
Er war ein Experte, dieser Achmed, ein Experte in unerwartetem Auftauchen.
»Darling«, sagte er, »trink das nicht. Bitte um ein Mineralwasser.«
Ich dachte, daß er mich verspotten wollte, dachte, daß er sich auf meine Kosten amüsierte. Also nahm ich extra einen forschen Schluck von meinem Cocktail und blickte streitlustig um mich.
»Tonia, Darling«, sagte Achmed, aber wie er das sagte.
Automatisch nahm ich noch einen großen Schluck.
Auf einmal saß Fatima neben mir. Sie fand meine Jeans so einmalig, und ob es stimme, daß ich verheiratet sei und trotzdem

arbeite. Ich brauchte selbst keine Antwort zu geben, denn die gab Achmed für mich und aus Höflichkeit in für mich verständlichem Englisch. Europäische Frauen, hörte ich ihn erzählen, seien selbstbewußt und emanzipiert. Deshalb gingen wir auch in amerikanischen Cowboyhosen auf Trinkgelage. Verspottete er mich, fragte ich mich wiederum. Fatima war ungefähr in meinem Alter. Sie hatte ihr Haar in einem großen Wulst auf dem Hinterkopf festgesteckt und trug etwas, das selbst das Haus Dior neidisch machen würde. Doch Fatima fragte, wo ich die Hose mit dieser aparten Paspel an der Seite gekauft hätte, und als ich sagte, bei Boebie Brooks in Amsterdam notierte sie das, mit einem flink hervorgezauberten goldenen Füller, auf einem Block mit Goldschnitt und fragte, ganz reizend und höflich, ob ich es schlimm fände, wenn sie sich morgen eventuell auch so eine Hose kaufen würde. Aber nein, sagte ich, und nahm wieder einen großen Schluck von meinem Cocktail.
»Soll ich dich auf dein Zimmer bringen?« schlug Achmed ängstlich vor.
Aber ich war nicht betrunken, noch lange nicht. Wenn ich betrunken bin, sage ich ›Du kannst mich mal‹, aber jetzt sagte ich sehr derb: »my ass«.
Achmed schwieg dazu. Dann kam Machmuth auf mich zu und fragte, ob ich mich amüsiere. Ich sagte, das täte ich und musterte die Gesellschaft. Immer noch die große Ansammlung dunkler Herren: worüber sprachen sie? Es klang dem Gebell von Hunden verblüffend ähnlich.
Der arbeitslose Schauspieler saß noch immer da und schwatzte mit Gott weiß wem. Und sie sahen zu mir hin, also winkte ich fröhlich und nahm noch ein Schlückchen von einem neuen Cocktail mit Gardenie.
»Soll ich dich auf's Zimmer bringen?« quengelte Achmed, und es schien mir verblüffende Ähnlichkeit mit einem ›Marsch, zurück ins Körbchen‹ zu haben.
Da ich meine Jeans anhatte, konnte ich es mir ja erlauben, es mir etwas bequemer zu machen. Also legte ich mich auf den Boden. Ich weiß noch, ich kann mich wirklich noch gut erinnern, daß mich Fatima fragte, ob sich alle westlichen Frauen auf den Boden legen, wenn sie müde sind. Was ich dann noch mitkriegte war, daß ich umschlungen von einem Arm über den Flur ging. Wessen Arm das war, wußte ich beim besten Willen nicht, aber ich

erkannte seine Stimme, als er in meinem Zimmer das klingelnde Telefon abnahm und zu meinem Frank sagte, daß mit mir alles in Ordnung sei. Ich hätte vielleicht etwas zu viel getrunken, aber als Mann von Ehre bürgte er in diesem Augenblick für mein Wohlsein. Ich weiß nicht, ob es Frank nun wirklich beruhigte, aber das konnte mir eigentlich egal sein.
Er half mir aus den Jeans und pellte mich aus dem Pullover. Er wischte mein Gesicht mit einem nassen Waschlappen ab und stützte mich, als ich Wasser trinken wollte. Ich wurde etwas nüchterner und wußte, daß er Achmed hieß. Als ich an ihm vorbeiguckte, meinte ich, einen großen Stapel weißer Badelaken auf dem Tisch liegen zu sehen und daneben standen ordentlich beieinander meine schwarzen Lackstiefel. Ich küßte Achmed, weil ich in diesem Augenblick jemand küssen wollte, er half mir, meine Beine ins Bett zu bekommen und sagte: »Schlaf mal schön.« Ich glaube nicht, daß ich jemals vorher in meinem Leben mit einem so beruhigenden und sicheren Gefühl in Schlaf gefallen bin.
Als ich, wer weiß, wieviel später, wach wurde, sah ich jemand auf dem Bett von Marianne liegen. Und ich brauchte nur für ein Einbettzimmer zu bezahlen, dachte ich zufrieden und kuschelte mich zurecht, um weiterzuschlafen. Aber ich hatte die Rechnung ohne den Wirt gemacht.
»Darling, bist du wach?« fragte die andere Person. »Fühlst du dich besser? Wenn ich jetzt gehe, kannst du dann hinter mir die Kette vorlegen?«
Dieser Achmed war immer da, wenn ich dachte, daß er nicht da war. Nach einem letzten besorgten Blick von ihm auf mich schloß ich hinter ihm zu und legte die Kette vor. Ich dachte noch kurz: soll ich meinen Frank anrufen, beschloß dann aber, das zurückzustellen, bis ich genug geschlafen hatte.

7

Wenn der nächste Morgen in einem altmodischen Buch vorkommen würde, hätte er eine ausgezeichnete Überschrift gekriegt. Ein froher Tag! Oder: Wie alles wieder gut wurde. Oder: Tonia macht es besser.

Ich wurde morgens wach und fing an, mich über die goldene Sonne zu freuen, die die Chrysanthemen auf den sehr englischen Vorhängen vor dem Fenster beschien. Und während ich duschte, ertappte ich mich, die ich Karnevalsschlager hasse, beim Trällern eines solchen: Weet je wat ik graag zou, willen zijn, een bloemetjesgordijn, een bloemetjesgordijn‹. Mr. Norton hatte offentsichtlich einen Eilauftrag gegeben, denn ich hatte gestern abend richtig gesehen. Es war ein sehr großer Stapel Badelaken auf mein Zimmer gebracht worden.

Mit so einem schönen großen Tuch locker um mich herumgewickelt ging ich zufrieden durch mein Zimmer. Und sie waren wirklich da, meine Stiefel. Geputzt und in Ordnung. Im Schaft des Stiefels mit dem kaputten Absatz steckte eine Karte mit der Adresse eines Schuh-Schnellservice in der Oxford Street, dessen Manager sich mir empfahl. Ich errötete fast vor Freude.

Während ich munter meine Jeans anzog, rief Achmed an. Der liebe Achmed, der kein Schuft sein konnte, denn sonst hätte er heute nacht doch nicht so rührend für mich gesorgt. Wer wollte nicht mit ihm frühstücken. Beinahe hüpfend vor Freude begab ich mich auf den Weg zum Lift, während ich, weil doch niemand da war, leise mein ›bloemetjesgordijn‹ sang. Es verlieh mir ein gutes Gefühl, daß ich nicht in Achmed verliebt war. Denn, wenn ich verliebt gewesen wäre, hätte ich eine Enttäuschung erlebt, denn es stellte sich heraus, daß ich nicht mit ihm allein sein würde.

Ich grüßte Machmuth und seine Schwester Fatima, indem ich ihnen sehr formell die Hand reichte, und gab Achmed sehr spontan aufgrund meines ›was-kostet-die-Welt‹-Gefühls einen Kuß auf die Wange.

»Good morning«, sang ich fast. »Oh, what a beautiful morning, oh, what a beautiful day.«
Machmuth nickte mir freundlich zu, und Achmed saß strahlend da und lächelte, und der Frühstückskellner brachte warme Brötchen, und Fatima fragte, wo ich denn die nette Bluse, die ich trug, her hatte. Als ich berichtete, sie sei vom Albert-Cuyp-Markt in Amsterdam, nickte sie erfreut. Danach fragte sie, ob ich den Tag mir ihr verbringen wolle, denn sie sei nur Touristin in Europa und kenne sich nicht so gut aus. Ich entschuldigte mich und sagte, daß ich auf alle Fälle morgens die arme Marianne besuchen müsse, während ich an Victorias Adresse in Chelsea dachte. Nichts würde heute schief laufen, nicht an einem Tag, der so herrlich anfing.
Vielleicht konnte man es einbrechen nennen, aber ich dachte an die Art, wie Marianne sich Zugang zu dem Haus verschafft hatte. Ich würde genauso lange warten, bis jemand aus der Tür kam, und dann würde ich an ihm entlang die Treppe hinaufrennen.
Fatima guckte sehr enttäuscht, und zu meinem Erstaunen auch Machmuth und Achmed. Sie waren doch so gastfreundlich zu mir gewesen, und Achmed hatte heute nacht doch so gut auf mich aufgepaßt. Ich war ein undankbarer Mensch, stellte ich selbst fest, nun so unhöflich mit der lieben Fatima umzugehen.
»Am Nachmittag«, sagte ich. »Darf es auch ein Nachmittag sein?«
Fatimas Gesicht hellte sich auf.
»Machmuths Sekretär geht mit«, sagte sie, »und vielleicht können wir eine Nacht bleiben, dann lerne ich auch deinen Mann kennen. Ich freue mich so darauf, eine westliche Wohnung zu sehen.«
Es fiel mir auf, daß Achmed so tat, als guckte er woanders hin, aber aus seinen Augenwinkeln nach mir schielte.
»Warte mal eben«, sagte ich. »Wo willst du eigentlich hin?«
Oh, diese Schlauberger. Sie hatten sich eine neue Masche überlegt, mich aus London wegzubekommen.
»Das ist doch klar«, sagte Fatima, »Machmuths Flugzeug steht doch in Heathrow, und ich will so eine Jeans kaufen. Das habe ich heute nacht doch schon gesagt.«
Natürlich hatte ich alle möglichen Geschichten über den Reichtum von Arabern gehört, aber man kann es sich irgendwie nicht vorstellen, es dringt nicht so richtig zu einem durch, was es

bedeutet, soviel Geld zu haben, daß man ein ganzes Flugzeug nimmt, als wäre es ein simples Taxi, um ein paar Jeans zu fünfundsiebzig Gulden zu kaufen. Wäre ich schlechter Laune gewesen, hätte ich zweifelsohne einen Vortrag über die armen hungernden Kinder der Dritten Welt gehalten. Aber wer bin ich. Wenn ich ehrlich bin, kenne ich das Gefühl, Hunger zu haben, genauso wenig wie das Gefühl, schrecklich reich zu sein.
»Wir gehen zusammen zu Harrod's«, schlug ich vor, aber durch den bestimmten Ton in meiner Stimme war es eigentlich eine Feststellung.
»In einer Woche oder so, wenn ich Marianne allein lassen kann, kommst du mit nach Amsterdam. Wohnst bei mir, kannst alle Blusen auf dem Albert-Cuyp-Markt kaufen, schleppe ich dich mit zu meinen Freundinnen, so daß du dir viele europäische Haushalte ansehen kannst, aber jetzt bleibe ich in London.«
Fatima schaute verdrießlich drein, Achmed enttäuscht und Machmuth machte eine Geste im Sinne von ›ich habe mein Bestes getan‹.
»Heute nachmittag um zwei Uhr in der Empfangshalle«, schlug ich vor, und stolz über mein bestimmtes Auftreten nahm ich Abschied.
Achmed beschloß, mit mir zu kommen.
»Weet je wat ik graag zou willen zijn«, sang ich leise vor mich hin, »een bloemetjesgordijn, een bloemetjesgordijn.«
»Was singst du da?« fragte er, und ich sah ihn neckend an.
»Well«, sagte ich, »es war vor zwei Jahren oder so ein populäres Lied, an das ich heute morgen denken mußte, als ich aufstand, und jetzt läßt es mich nicht mehr los.«
»Was bedeutet es?« fragte er.
Aber ich hatte keine Lust, das blödsinnige Lied zu übersetzen und ausgelacht zu werden.
»Es ist ein bißchen unanständig«, sagte ich schalkhaft.
Achmed schaute mich mit einem Blick an, bei dem die Hälfte aller Frauen in Europa durcheinander geraten würden.
»Tonia«, sagte Achmed, »du bist adorable«, und ich reichte ihm aus lauter Glücksgefühl meinen Arm, was ich lieber nicht hätte tun sollen.
Hätte ich ein bißchen meinen Verstand gebraucht, hätte ich ›good day‹ und ›bye, bye‹ gesagt, dann hätte ich so getan, als ginge ich in mein Zimmer und wäre ihn los gewesen. Nein, ich

hing an seinem Arm und war mit meinen ›bloemetjesgordijn‹ beschäftigt, und danach fand ich mich mit ihm zusammen auf dem Bürgersteig. Und ich wollte nicht zu Marianne, nicht wirklich. Aber Achmed erinnerte mich daran und sagte, er müsse in die gleiche Richtung, wir könnten zusammen ein Taxi nehmen, und er würde mich am Krankenhaus absetzen.

Also ging ich doch zu Marianne. Sie lag noch immer allein im selben Zimmer, nur schien es jetzt kein Zimmer mehr zu sein, sondern ein Blumenladen. Sie hatte Rosensträuße über Rosensträuße in allen möglichen Farben um sich herumstehen. Ihr Zustand schien derselbe zu sein. Sie hatte noch immer einen Verband um den Kiefer und sah ziemlich geschient aus. Doch war sie kommunikationsfähig. Sie hatte eine Art Gestell über sich, mit einem Schreibblock und Bleistift, und nach den Notizen zu urteilen war Marianne diesen Morgen schon sehr fit gewesen. Es waren deutlich Notizen für die Schwester. Untereinander geschrieben stand:

Ich möchte eine Pfanne, weil ich muß.
Ich möchte ein Glas Johannisbeersaft
mit einem Strohhalm.
Auf meinen Füßen liegt ein Kissen
das runter muß.
Ich möchte Wasser.
Stell die schrecklichen Chrysanthemen
soweit wie möglich aus meinen Augen,
denn ich hasse Chrysanthemen.
Ich will sofort den Arzt sprechen.
Ich muß mal.

»Es geht dir ja ziemlich gut«, sagte ich fröhlich, und Marianne sah mich bösartig an.

»Warum kommst du«, schrieb sie auf.

»Na, ganz einfach, um dich zu besuchen«, antwortete ich, »das ist doch nett.«

Ich guckte auf alle die Sträuße und diesen Busch von Chrysanthemen, der weit weg in der Ecke hinter dem Wäschekorb versteckt stand.

»Sie sind hier im Krankenhaus nett zu dir«, stellte ich fest, »und auch großzügig mit den Blumensträußen.«

»Die sind von Bekir«, schrieb Marianne triumphierend auf, und darunter: »Was hast du gestern abend erledigt?«

Also erzählte ich, daß ich mit Buddha herrlich indisch diniert hätte, daß er so ein galanter Mann sei, aber ohne Zweideutigkeit, daß ich anschließend auf einem Fest gewesen sei, von Machmuth eingeladen, und daß es sehr anregend zugegangen war. Ich hätte übrigens auch eine neue Freundin gewonnen, die Fatima heißt und Machmuths Schwester ist.
Marianne nahm ihren Stift und schrieb: »Und mit wem hast du geschlafen?«
Wenn jemand so etwas sagt, kann man es als Humor auffassen, einen eifersüchtigen Klang heraushören oder man weiß, daß moralische Entrüstung mitschwingt. Aber nur so auf einen Block geschrieben, fast genau unter den Sätzen ›ich will eine Pfanne‹ und ›ich möchte Wasser‹ wirkte es nur höchst unanständig.
»Mit niemandem«, beteuerte ich dann auch mit Nachdruck und der Wahrheit entsprechend.
Denn Achmed, der in großer Wachsamkeit im zweiten Bett ein Schläfchen gemacht hatte, zählte in diesem Zusammenhang nicht.
»Oh, richtig«, schrieb Marianne, und weiter: »Was hast du in der Sache Victoria getan?«
Soll man nun eine Patientin, die sich Sorgen macht, ob ihr Kiefer, ihr Arm und ihre Rippen und ihr Bein je wieder werden, mit weltlichen Problemen belästigen? Ich finde nicht, ich finde, so jemanden muß man schonen.
»Oh, ja«, plapperte ich weiter, »ich habe auch mit Peaceful geluncht und, hör mal, wirklich wahr, wir haben uns geirrt, total geirrt. Victoria war überhaupt nicht im Wäschesack, sie hat sich ganz normal selber den Mantel angezogen, ein Taxi genommen und ist nach Hause gefahren. Das Licht im Treppenhaus, im vierten Stock war also kaputt und es war eine Teppichstange locker und dann rutschte sie aus. So ist es gewesen.«
Das ist der Vorteil, wenn jemand nichts dagegen sagen kann, man kann unbekümmert weiterlügen, ohne unterbrochen zu werden. Zumindest, wenn man nicht hinsieht, was der andere schreibt. Als ich mit meinen Ausführungen fertig war, hatte Marianne schon mehrere Zeilen weitergeschrieben. Es stand dort:

Mein Verlobter Bekir kam heute
morgen um neun
zum Tee hierher

und sagte, daß Achmed heute nacht
um vier Uhr nicht
auf seinem Zimmer war.
Peaceful war gestern abend hier und
hoffte mich zu beruhigen, denn
er sagte, daß du Polizeischutz hättest.
Du hast dich selbst zu diesem Fest
eingeladen.
Du lügst, daß sich die Balken biegen.
Und auf der Treppe waren weder ein
Läufer noch Teppichstangen.

»Was meinst du?« fragte ich total überrascht, und Marianne wagte offensichtlich schriftlich direkter zu antworten, als sie es verbal getan hätte.

Sie unterstrich mit fester Hand ›du lügst, daß sich die Balken biegen‹ und formulierte dann auch noch eine Fortsetzung:

Du bist ein Dummkopf ersten Ranges; dein lieber Frank verdient etwas besseres. Dieser Schatz schickte mir sogar über Fleurop schon heute morgen Blumen. Du mußt nicht denken, daß jemand auf deine Geschichten hereinfällt; scher' dich bloß zum Teufel. Wenn du ermordet wirst, hoffe ich, daß dein letzter Gedanke sein wird: es war meine Schuld, weil ich so eigenwillig gegen besseres Wissen mich in Dinge gemischt habe, die mich nichts angehen und denen ich nicht gewachsen bin.

»Das meinte ich nicht«, sagte ich, ohne mich beleidigt zu fühlen. »Ich meinte: was schreibst du da über einen Verlobten?«

Und das ist wieder das Französische an meiner Freundin Marianne. Sie empfand mein Interesse an ihrem Privatglück so positiv, daß sie mit einem Strich das vorherige durchstrich, ›sorry‹ aufschrieb und dann:

Bekir hat gefragt, ob ich seine Frau werden will und bereit wäre, seinen Namen zu tragen.

Ich beugte mich spontan nach vorn und küßte Marianne auf ihren schlimmen Kiefer. Ihren Stimmbändern fehlte nichts. Sie stieß einen Schrei aus, der eine Schwester veranlaßte, auf der Stelle herbeizueilen.

»Die Patientin muß allein gelassen werden«, sagte die Schwester.

Ich habe für mein Ja-Wort um Aufschub gebeten, bis ich wieder sprechen kann.

schrieb Marianne.

»Rat mal, welche Nummer dieser Slocumb hat?« fragte ich.

»Die Patientin braucht Ruhe«, sagte die Schwester.

Ich finde, daß wir erst unsere Familien kennenlernen müssen

schrieb Marianne.

»Ich werde jetzt sofort versuchen, herauszufinden, wer von Victorias Nummer Gebrauch gemacht hat«, sagte ich.

»In ein paar Minuten beginnt die Visite«, sagte die Schwester.

Mein Vater ist noch ziemlich altmodisch und wird seine Zustimmung geben wollen

schrieb Marianne.

»Aber ich muß vorsichtig sein, denn schließlich haben sie bereits einen Mordversuch an uns verübt«, überlegte ich laut.

Diese nüchterne Tatsache brachte Marianne auf den Boden der Realität zurück.

Die Fotos müssen fertig sein. Es war der Foto-Shop Flowerview in der Oxford Street. Der Abschnitt befindet sich in meiner schwarzen Tasche im Nachtschrank

schrieb sie auf.

Und auf einmal war es wieder da, mein ›bloemetjesgordiJn‹, mein ›bloemetjesgordijn‹.

»›Weißt du, was ich gerne sein würde...‹«, sang ich.

Marianne schrieb ›keine Ahnung‹.

Ich lachte glücklich und zufrieden und holte den Abschnitt für die Fotos aus ihrer Tasche.

»›Ein Blümchenvorhang‹«, sagte ich zu Marianne, die offensichtlich mit ihrer rechten Hand mehr konnte als nur schreiben.

Sie tickte sich demonstrativ an ihre Stirn. Den Kopf voller Blumen, fiel mir Frank auf einmal ein.

»Du hast erzählt, daß Frank dir Blumen geschickt hat.«

Marianne nickte und zeigte in die Ecke. Ich verstand, es waren die Chrysanthemen. Aber ich weiß, daß Kranke nun mal nicht zurechnungsfähig sind. Ich kann mich erinnern, daß mit meiner Mutter, wenn sie Grippe hatte, nicht vernünftig zu reden war, und über die Zeit, als Frank seinen Heuschnupfen hatte, will ich auch lieber schweigen.

»See you«, rief ich also, mit dem Abschnitt in der Hand,

Marianne zu und küßte sie zum Abschied herzlich, was die Schwester veranlaßte, mich fast hinauszuwerfen.
Und wer kam mir da im Gang entgegen. Der Bräutigam in spe mit noch einem Strauß Rosen unterm Arm. Ich klammerte mich an ihn.
»Sorry«, sagte ich, »wie schade, daß du ganz umsonst gekommen bist. Die Patientin braucht Ruhe, sagt die Schwester, die Patientin muß allein gelassen werden. Und außerdem beginnt in ein paar Minuten die Visite.«
»Hallo, how nice and how are you«, sagte Bekir, und ich guckte ihm nach, als er an mir vorbei ging.
Es war vielleicht der orientalische Charme, der die mürrische Nurse hypnotisierte, aber wahrscheinlicher war es, daß er sie bestochen hat. Ich wartete noch ein paar Minuten im Flur, nachdem er ins Zimmer gegangen war, und dann wurde mir klar, das, was es auch war, er etwas hatte, was ich nicht hatte. Er wurde nicht hinauskomplimentiert. Ich sah auf der Krankenhausuhr, daß es inzwischen zwölf Uhr war. Die Sonne schien hell, ich stand auf den Stufen des Treppenaufganges vom Krankenhaus und fühlte mich prima. Ich spähte um mich herum. Nach links und rechts. Kein Peaceful und kein Achmed.
»Weet je wat ik graag zou willen zijn«, summte ich im Taxi nach Chelsea.
Eigentlich bewegte ich mich nicht wie ein Detektiv. Detektive gucken immer über ihre Schultern. Ich war auch garantiert nicht dabei, eine Mordgeschichte aufzuklären, wer hält denn schon was von Morde. Ich war einfach nur kühn und wer möchte manchmal nicht gern etwas kühnes tun. Ich meine von Frank über Peaceful bis zu Achmed, versuchte jeder, mich mit den verschiedensten Begründungen aus London wegzukriegen, und mich zu einem zufriedenen bürgerlichen Leben in Amsterdam zu bekehren. Aber ich bin nun mal von Kindheit an aufmüpfig gewesen.
»Chelsea«, beauftragte ich den Taxifahrer und sang zur goldenen Londoner Sonne herausfordernd ›een bloemetjesgordijn, een bloemetjesgordijn‹.
Es gibt so Tage, an denen einen gar nichts erschüttern kann, noch nicht einmal die Tatsache, warten zu müssen. Ich postierte mich im Eingang gegenüber von Victorias Wohnung – Gott hab sie selig – und las Zeitung, mit Börsenberichten und allem. Ich

vertrat mir etwas die Füße und schlenderte die Straße rauf und runter. In der Telefonzelle, von der man gerade noch Victorias Haustür sehen konnte, tat ich so, als ob ich jemanden anriefe.
Es war keine verrückte Aktion, abgeguckt von irgend so einer dummen Fernsehkrimiserie. Es passierte wirklich etwas. Es parkte ein, nebenbei bemerkt, teures Auto am Straßenrand. Natürlich hatte ich auf Owens gehofft, den wollte ich erwischen. Aber sein Butler war auch gut, fast genauso gut. Er parkte seinen Mercedes Sportwagen dort, wo doppelte gelbe Streifen waren, also im Halteverbot, klingelte an der Tür und wurde sofort eingelassen. Hatte ich gedacht, ihn unmittelbar wieder herauskommen zu sehen – wer respektierte nicht den doppelten gelben Streifen – so wurde ich in meiner Hoffnung betrogen. Ich stand eine Stunde lang in den Startlöchern, um ›hallo‹ zu rufen und die Treppe bis zum vierten Stock hochzustürmen. Ich las in der Times, daß die englischen Blumenzüchter in einer wirtschaftlichen Rezession steckten, und daß die Trockenheit der Saison schuld daran war, und als es dann endlich regnete, war es zu naß. Irritiert dachte ich, daß es verdammt danach klang, als ob es die niederländischen Landwirtschaftsnachrichten seien.
Und dann dachte ich an etwas, das meine Mutter immer sagte: den Frechen gehört die halbe Welt. Ich klemmte mir flink die Zeitung unter den Arm und stiefelte auf das Haus zu. Ich wußte ja, zu welcher Wohnung der Butler gegangen war. Ich würde auf die Klingel drücken, er würde öffnen – wovor sollte ich Angst haben. Ich konnte doch im Notfall einfach sagen, daß die halbe Polizeimacht wisse, wo ich bin.
Während ich noch mit dem Überqueren der Straße beschäftigt war, fuhr ein Milchmann mit seinem Wagen die Straße herunter und hielt nicht weit von Victorias Haus. In der Telefonzelle an der Ecke telefonierte jemand. Weiter hinten hielt ein Taxi. Was konnte mir in einer mit so vielen Menschen vollgestopften Stadt passieren?
Mutig klingelte ich und bekam plötzlich doch noch Herzklopfen, als die Tür von oben aus geöffnet wurde. Es mußte Slocumb sein. Für den Fall, daß ein schneller Abzug wünschenswert sein sollte, ließ ich die Außentür einen Spalt offen. Mit jeder Treppe wurde mein Herzklopfen nicht gerade weniger. Hier waren Marianne und ich, wie kurz war es doch erst her, fröhlich zusammen hochgegangen. Dort hatte Victoria gelegen.

»Kommen Sie herein«, sagte der Butler äußerst höflich und ging einen Schritt zurück, um mich durchzulassen.
Ich sagte, daß ich meinen Mantel anzubehalten wünsche und fragte, ob er meinen Namen noch wisse, um mich anzumelden.
»Anmelden bei wem?« fragte er verwirrt.
»Bei Slocumb natürlich«, bluffte ich und registrierte gleichzeitig, daß die Tür hinter mir fest verschlossen wurde.
Das war kein gutes Gefühl.
»Wer, dachten Sie denn, sollte Slocumb, von dem Sie immer reden, sein?« fragte der Butler.
»Owens natürlich«, teilte ich nachdrücklich mit und ging ganz frech an ihm vorbei ins Zimmer.
Wer oder was Victoria auch gewesen war, sie hatte einen ausgezeichneten Geschmack gehabt. Hochflorige Auslegeware, Stühle und Vorhänge hatten das gleiche Blümchenmuster, eine kostbare, unübersehbare Sammlung Chinesischen Porzellans. Victoria wußte zu leben. Leider, überlegte ich traurig, war sie auch daran zugrunde gegangen.
Es war niemand im Zimmer, niemand außer dem Butler und mir.
»Warum kommst du her?« fragte er. »Und nun sag mir endlich, wen du dachtest, hier anzutreffen.«
Ich fand, daß der Mann mir eigentlich arg dicht auf die Pelle rückte, obwohl das Zimmer so groß war, daß jemand, der höflich sein wollte, Abstand bewahren konnte. Victoria war auch nicht dumm gewesen, sah ich. Eine ganze Wand voller Bücher hatte sie gehabt. Leider hatte auch die Tatsache, daß sie nicht dumm gewesen war, ihr nicht geholfen. Auch Marianne tat immer so schrecklich intelligent; gut, daß sie jetzt im Krankenhaus lag. Aber sogar im Krankenhaus mußte sie noch so klug tun, schriftlich mitzuteilen, daß sie genau wisse, was für ein Auto sie angefahren hatte. Ein silberfarbener Mercedes. Mein Herz blieb fast stehen. Derselbe Mercedes, der unten am Bürgersteig parkte.
Das Glück steht auf Seiten der Dummen, hatte meine Mutter immer gesagt, und tatsächlich, ich hatte bis jetzt pures Glück gehabt. Aber sie sagte auch: du darfst das Schicksal nicht herausfordern. Und so befand ich mich nun mit meinem Mörder in einem verschlossenen Zimmer. Ich fühlte geradezu seinen heißen Atem in meinem Nacken. Und in Todesangst denkt man

einfältig. Ich sage normalerweise nie: diese falschen Rothaarigen. Ich denke bestimmt nie: betrügerischer Jude oder: stinkiger Neger. Und jetzt auf einmal kam es mir in den Kopf: ich laß' mich von diesem dreckigen Schwulen nicht umbringen!
Ich wußte nicht, wer am arabischen Ende dieses Frauenhandels saß. Homosexuell, du liebe Scheiße, dachte ich, das ist der beste Deckmantel für diese Kerle. Niemand, der den Araber mit einem arbeitslosen Schauspieler Hand in Hand im Lift stehen sieht, denkt daran, daß diese Kerle in erster Linie Geschäftspartner sind. Oh, wie schlau, dachte ich, Araber und Engländer, die sich gemeinsam hinter der griechischen Flagge verstecken.
»Verdammter Mist«, sagte ich.
Marianne hatte gesagt, daß auf dem Fest auch Europäer gewesen waren. Nicht viele, aber immerhin. Der Butler war ein guter Schauspieler. Er sah auf einmal gar nicht mehr wie ein Butler aus, er war ein äußerst kaltblütiger Gangster geworden. So jemand aus Kojak oder Detektiv Rockford. Und als guter Schauspieler hielt er sich an das übliche Drehbuch. Ich habe das bei Fernsehkrimiserien immer bezweifelt. Ich habe sie für unrealistisch gehalten. Es schien mir Unsinn zu sein, daß Mörder ihren zukünftigen Opfern immer ausführlich darlegen, warum sie diesen Mord begehen werden. Aber vielleicht machen Mörder das wirklich so, oder vielleicht war er zu sehr Schauspieler und wollte aus dieser Rolle etwas Akzeptables und Schönes machen.
»Du kamst herein, und wir dachten nichts anderes als gewöhnlich ›süße Puppe fürs Bett‹. Leider Schwarzarbeiterinnen, unorganisiert. Victoria hatte dafür was übrig. Aber wir hatten keine Zeit, um auf euch Rücksicht zu nehmen. Die blöde Ziege Victoria war ein Risikofaktor geworden. Verliebt in diesen Machmuth und dann ihr noch. Und der Kerl machte ihr Geschenke, nun ja, du kennst das wohl. Da konnte ihr richtiger Verdienst bei uns nicht mithalten. Einen Pelzmantel bekam sie, und dachte, sie sei die Königin von Saba. Ein paar Mädchen für die Arbeit im Ausland organisieren und noch ein bißchen die Hure spielen. Sie hatte die Liebe ihres Lebens getroffen, und außerdem noch so en passent die Titelrolle in der größten historischen Produktion angeboten bekommen, die BBC je gemacht hat. Und Owens konnte das Angebot dieses Mal nicht so einfach unterschlagen. Sie waren direkt zu ihr hingegangen.

Madam hatte auf einmal wieder eine Karriere, hinter der sie schon immer her war. Und mit einem Mann schlafen, den sie nicht mochte, war plötzlich nicht mehr drin. Aber die Tante konnte nicht einfach aussteigen. Sie wußte zuviel. Sie wußte, wer wer war. Wir fanden es nett, sie an dem Ort ihrer Untreue, bei diesem verdammten Araber, zu erledigen. Aber plötzlich bemühtest du dich mit der Leiche, du tuscheltest mit diesem Machmuth. Aus Sicherheitsgründen gingen wir schnell fort. Und wo wird Victoria zu unserer Überraschung gefunden? Nicht da, wo wir sie ermordet hatten, sondern auf der Treppe in ihrem eigenen Haus. Das war deutlich. Du und deine neugierige Freundin wußtet etwas, hattet damit zu tun, also ...«

Er machte einen Schritt vor und ich einen Schritt zurück. Er zog ganz langsam seinen Gürtel durch die Schlaufen. Kurz überlegte ich, ob er mich schlagen wollte, aber dann fiel mir ein, daß ich nicht, wie Maurene, ein Hauskleid mit einem Gürtel anhatte, der verwendet werden konnte.

»Das wird dir nie gelingen«, sagte ich, »denn wenn ich schreie, kommt der Nachbar, um nachzusehen.«

Der Schauspieler-Gangster lachte grimmig.

»Niemand wird dir zur Hilfe kommen«, sagte er, und es klang so, als wäre er sehr sicher.

Und dann konnte ich keinen Schritt mehr zurück setzen, denn ich stand an der Wand. Er legte diesen schrecklichen, geschmeidigen Ledergürtel um meinen Hals. Menschen, die gewürgt werden, greifen meistens zur Schlinge, nehme ich an. Aber ich hatte im Frauenhaus einen Selbstverteidigungskurs mitgemacht. Er stand breitbeinig da, um mehr Kraft zu haben, und ich trat ihn, vor Verzweiflung stark geworden, ganz kräftig in seine edlen Teile. Und auch wenn Letzteres als ein Regiefehler angesehen werden konnte, das enorme Gebrüll, mit dem er, sich die getroffenen Teile haltend, zusammenklappte, hatte den gleichen Effekt, als wenn ich schrill und herzzerreißend geschrien hätte.

Das Schloß wurde mit einem Schuß geöffnet, und holterdiepolter fielen allerlei Menschen ins Zimmer, von denen ich nur den Milchmann erkannte. Und noch nicht ganz zu mir gekommen vor Erstaunen über diese Hilfstruppe, die ich gewahr wurde, entdeckte ich auch den anderen Schauspieler, Mr. Peaceful, mit Melone, Schirm und allem.

»Are you alright?« fragte er freundlich.
»Das ist Mr. Slocumb«, beschuldigte ich den Butler, »und er wollte mich mit dem Gürtel umbringen.«
Kam das nun, weil ich mir plötzlich erst der Gefahr, in der ich gesteckt hatte, bewußt wurde, oder weil ich in dem Türrahmen noch jemand anderen erblickte? Ich fiel ganz weiblich in Ohnmacht.
Und als ich wieder zu mir kam, sah ich die letzten nachmittäglichen Sonnenstrahlen auf Victorias Vorhang scheinen.
»Weißt du, was ich gerne sein würde...?« fragte ich Achmed, in dessen besorgten Armen ich mich befand.
Er sah zärtlich auf mich herunter.
»Ein Blümchenvorhang«, sagte ich.

8

»Sie standen unter unserem Schutz«, hatte Peaceful auf seine eigene unnachahmlich väterliche Art gesagt. »Es war jemand in der Nähe. Wir wollten nach dem Anschlag auf Sie und Ihre Freundin kein Risiko mehr eingehen.

Unser Freund Achmed, der, wie Sie ja lange schon wissen, mit uns zusammenarbeitet, dachte sogar, Sie wüßten mehr als Sie vorgaben zu wissen. Wir von der Londoner Polizei glaubten das jedoch nicht. Und erst, als Sie zu Victorias Haus gingen, begriffen wir, daß doch etwas passieren könnte. Übrigens klug von Ihnen, daß Sie unsere Männer ausmachten und die Tür für sie offenließen.«

Ich nahm das Kompliment würdevoll an, denn wer bin ich, ein unbedeutendes Mißverständnis zurechtzurücken, wenn dieses Mißverständnis Achtung vor meiner Scharfsinnigkeit erbringt. Dieses Gespräch lief im Büro von Scotland Yard. Ich unterschrieb die Klage, die ich wegen Mordversuch an mir von jemandem, der sich als Jones herausstellte, einreichte. Ein Mordversuch, der durch den falschen Milchmann und alle anderen Herren bestätigt wurde, die im kritischen Moment in die Wohnung eingefallen waren. Er wurde auch der Morde an Victoria und Maurene verdächtigt, aber dafür gab es noch keine Beweise.

»Und Owens«, sagte ich, »Owens muß auch eingesperrt werden. Er gehörte dazu. Wahrscheinlich gab er den Auftrag zu den Morden und war in Wirklichkeit hinter den Kulissen Mr. Slocumb. Der Schauspieler hat das doch mehr oder weniger zugegeben. Owens gab Schauspielerinnen für kurze Zeit Arbeit, um sie an Aufmerksamkeit und Geld zu gewöhnen. Danach keine Arbeit mehr, so daß sie von selbst reif für die Prostitution wurden. Man brauchte nicht mal viel Fantasie zu haben, um ihn sagen zu hören: los, Mädchen, vielleicht in einem Monat oder vielleicht in zwei, aber deine große Chance kommt noch. Was? Kein Geld, bis dieser Tag anbricht? Ein hübsches Mädchen wie du kann doch leicht an ein paar Groschen kommen. Festnehmen, diesen Owens« befahl ich fast Scotland Yard.

Leider hatte Mr. Owens nichts Strafbares getan. Er war Vermittlungsagent, und er entschied, ob jemand eine Rolle bekam. Und Slocumb war zweifelsohne Jones. Also war daß durch mein Zutun auch wieder in Ordnung gebracht. Und Goldzahn war überhaupt kein Engländer, und es ist gesetzlich nicht strafbar, für Mädchen, die sich gern vergnügen, einen Urlaub zu organisieren.

Ich fühlte mich betrogen und ausgenutzt. Hatte ich mich nicht beinahe für eine gute Sache ermorden lassen, und der Bande passiert gar nichts?

»Aber Sie wollten doch den Prostitutionsring in Richtung Orient aufdecken?« fragte ich empört.

Mr. Peaceful lächelte friedlich.

»Ach«, sagte er und blinzelte mir wirklich zu, »Saudi-Arabien ist ein wichtiges Land für uns. Sie haben Öl, betreuen das für uns, verdienen sehr viel Geld mit all diesem Öl, das sie an den Rest der Welt verkaufen, und investieren dann wiederum einen netten Batzen in unser, von einer ökonomischen Krise geschütteltes Land. Wir, Madam, haben jahrhundertelang die Welt beherrscht. Wir wissen alles über Herrschen und Beherrschtwerden. Wir haben fast selber die geltenden Regeln dafür aufgestellt. Ja, und nun sind wir richtig abhängig vom Geld dieser Sandfresser. Wir wären sogar bereit, durch einen brennenden Reifen zu springen, wenn sie es uns befehlen. Aber dies war nur ein gewöhnlicher Reifen, ohne Gefahr.

Prostitution ist, nun ja, eine akzeptierte Erscheinung unserer Gesellschaft. Dort nicht. Und wenn Prinz Kamelreiter uns aus Riad anruft und sagt, daß sie jemanden schicken, um mit uns gemeinsam dafür zu sorgen, daß englische Call-girls nicht dort einwandern, sagen wir: ›Ja, Prinz, sicher Hoheit‹ und gehen dann in unsere Privatclubs, die für Farbige unzugänglich sind, auch wenn sie noch so reich sind, und trinken gemütlich ein Täßchen Tee und reden über die Jagd.«

»Good day, sir«, sagte ich, und marschierte rasend vor Wut weg.

Warum hatte ich je gedacht, daß ich vornehm aussehende Engländer nett finden konnte? Ich ging mit schlechtester Laune zu Marianne.

Sie war nicht allein. Das war mir schon vorher bei den Arabern aufgefallen. Sie traten fast immer in Gruppen auf. Man sieht

selten nur einen allein, manchmal zwei zugleich, aber meistens sind sie zu vielen.
Es war voll in Mariannes Zimmer. Wo keine Rosen standen, saßen Kerle. Bekir saß als der zukünftige stolze Besitzer auf ihrem Bett. Machmuth an ihrer Kopfseite und Achmed am Fußende. Und außerdem gab es noch eine ganze Gruppe, die als Neffen des angehenden Bräutigams vorgestellt wurden.
Und jeder beglückwünschte mich zur Aufklärung dieser Sache, und jeder sprach aufgeregt durcheinander auf arabisch.
»Hiermit mußt du fortan leben«, erzählte ich Marianne düster.

Ist es nicht gemütlich?

schrieb Marianne, und danach

Herzlichen Glückwunsch, Schatz.

»Wozu?« fragte ich und kontrollierte mit einem Blick auf ihren Notizblock den Kern des Gespräches, das lief, bevor ich hereinkam. Und böse las ich laut vor, und sie schlug nicht einmal beschämt die Augen nieder. Es stand da:

You are kidding, she isn's that smart.
What a fool to go there
Are you sure he intended to kill her,
not the other
way around
She has had a training to kick man's
balls, she likes that
Don't blame me, I am only her friend

»Hör mal, nett das Gespräch über mich«, sagte ich.
Schamlos schrieb Marianne:

Wer sagt dir, daß du gemeint warst?

Ich wurde still. Selbstverständlich war ich der Mittelpunkt dachte ich. Ich hatte mich in Gefahr begeben, durch mich wurde der Mann festgenommen. Das stimmte doch? Aber warum richteten alle, wo ich doch der Mittelpunkt der Aufmerksamkeit zu sein hatte, zu neunundneunzig Prozent ihre Aufmerksamkeit auf Marianne, als wäre sie der Held des Tages?
Ich gab zu, ich hatte das Geschäft zu einem guten Abschluß geführt, aber es war eine wertlose Kriminalgeschichte geworden. Jeder Autor einer Fernsehserie würde sich etwas besseres ausdenken. Aber dies war die Wirklichkeit und keine Geschichte. Der Schauspieler Jones war der Bösewicht und festgenommen. Und doch war der Ablauf nicht spannend. Es ließ einen an den

Echobrunnen von Austerlitz denken. Als Kind bin ich regelmäßig auf Ausflügen dort gewesen. Er schien spannend. Man beugte sich über den Rand und rief: Wie heißt der Bürgermeister von Wesel, und, wirklich, er gab eine Antwort. Er hieß Esel. Aber es war so voraussehbar, daß der Mann immer wieder Esel heißen würde. Es wäre doch nett gewesen, wenn das Echo beim dritten oder vierten Mal, als ich da war, van der Louw oder Polak gerufen hätte. Das Echo etwas fragen, obwohl die Antwort schon klar war, das gab mir bei meinem vierten oder fünften Schulausflug ein blödes Gefühl. Genau so ein Gefühl wie jetzt.

»Ich bin froh, daß Kinder heutzutage an die See fahren«, sagte ich so vor mich hin.

»Darling«, sagte Achmed, »was sagst du?«

»Nichts«, antwortete ich müde, »dieser Typ auf der Party bei Machmuth, der mit den goldenen Zähnen, Scotland Yard sagt über den ›Sorry, was er tat, ist kein Verbrechen‹.«

Achmed spürte meine Verwirrung. Er nahm zärtlich meine Hand.

»Aber natürlich, Liebes«, sagte er, »natürlich wird der Mann bestraft. In meinem Land herrschen andere Gesetze, unsere Rechtssprechung arbeitet besser.«

Und, oh, diese teuflische Marianne. Jetzt ging ihr Stift wieder.

> Tonia, denk mal an den berüchtigten Tod der Prinzessin. Dieser Mann kriegt nicht nur eine Kugel, er wird wie ein Sieb aussehen.

Achmed war ein sensibler Mensch. Er spürte, daß meine Stimmung sofort auf minus 30 Grad sackte. Und er wollte etwas tun.

»Hast du für heute abend Pläne?« fragte er.

Ich blieb ihm erstmal die Antwort schuldig. Es wurde an die Zimmertür geklopft, so wie Menschen es tun, wenn sie im Krankenhaus sind und nicht wissen, ob sie nicht unbeabsichtigterweise die Tür zu einem Patienten öffnen, der im Sterben liegt. Zögernd ging die Tür einen Spalt breit auf. Jeder drehte sich um.

Dann gab ich Achmed meine Antwort mit vor Glück jubelnder Stimme.

»Essen und reden und schlafen mit meinem Mann«, sagte ich, denn dort auf der Schwelle stand niemand anderes als mein Frank.

Und Frank ist Frank. Er zeigte keine Überraschung, als er halb Saudi-Arabien um Mariannes Bett versammelt sah. Er legte den Strauß Chrysanthemen, den er in der Hand hielt, auf den Schoß von welchem Neffen auch immer und richtete seine Aufmerksamkeit zuerst auf Marianne, so daß ich meine Hand aus Achmeds Hand ziehen konnte, ohne daß es peinlich wurde.

»Marianne, Kind« sagte er und streichelte ihr übers Haar, »sogar mit einem Verband bist du, nach Tonia, die schönste Frau der Welt.«

Und ich dachte fast, er würde in meinen Fehler verfallen, als er sich vorbeugte und sie küßte. Aber nicht so Frank, er küßte ihre Nasenspitze.

»Mädchen, hast du viel Besuch«, sagte er anschließend und guckte sich im Zimmer um, wobei er mich entdeckte. Und ich hatte vergessen, daß ich ganz schmale Augenbrauen und sehr viele rote Löckchen hatte.

»Kind«, sagte Frank, »ich hab's ja schon immer gewußt. Selbst wenn du dir den Kopf kahl scheren und Kriegsbemalung auf's Gesicht auftragen würdest, du bist und bleibst meine hübsche Tonia.«

Und auf einmal schien es, als wären all die anwesenden Herren als schweigende Statisten angemietet. Sie bildeten schön und bilderbuchhaft den Hintergrund. Es gab nur Marianne, Frank und mich.

»Was ist das nun wieder für ein Elend?« fragte Frank. »Können wir euch Mädchen denn keinen Schritt mehr allein machen lassen?«

Tonia ist schuld –

schrieb Marianne, petzend wie ein kleines Kind, so in der Art von: ich war es nicht, sie war es.

Ich finde nie Tote, aber Tonia immer.

Frank schnalzte mitfühlend mit der Zunge.

»Aber es ist doch nicht wirklich etwas passiert«, sagte er, »als Abgeordneter der Heimatfront – die Redaktion fand, daß jemand hier doch mal nach dem Rechten sehen müßte – habe ich ein bißchen mit deinem Arzt geplauscht. Und, Kind, nur sechs Wochen noch, und du bist wieder okay und schön wie vorher.«

»What is he saying?« fragte Achmed.

»In sechs Wochen darf sie nach Hause«, übersetzte ich grob. Und dann machte Machmuth diese Geste.
»Aber nein«, sagte er. »Die Dame hat zwar viele Brüche, aber mit ein bißchen Sorgfalt kann sie transportiert werden. Ich hatte das schon mit ihrem Verlobten besprochen, und wir finden es mehr als gerecht, nachdem ihr uns so geholfen habt. Morgen paßt es nicht so gut, denn meine Schwester Fatima braucht das Flugzeug, um kurz Schuhe in Rom einzukaufen, aber übermorgen bringen wir euch alle einfach nach Hause.«
»Wer sind diese Herren?« fragte Frank, »Und darf ich eventuell auch fragen, was ihr für sie getan habt?«
Und dann erst bekam ich die Gelegenheit, die ganze Geschichte zu erzählen. Und um nicht unhöflich zu sein, sprach ich englisch. Und Achmed und Bekir fügten die Heldentaten von mir und Marianne hinzu, so wie es sich gehörte. Und Frank dankte Achmed für seine gute Betreuung. Marianne schrieb etwas auf.

Warum habt ihr eigentlich meine
Kamera verschwinden lassen

schrieb sie, und

ich hänge daran.

Achmed und Bekir machten ein Gesicht, als fielen sie aus allen Wolken. Das war eine Neuigkeit für sie. Eine Kamera hatten sie nie entwendet.

Wo hast du den Abschnitt für
die Fotos gelassen –

schrieb Marianne.
Er befand sich noch immer in meiner Manteltasche.

Nicht nur der Abschnitt gehört mir,
sondern auch das Copyright

schrieb Marianne.

Denk' daran.

»Gleich«, sagte ich, »gleich oder sonst morgen gehen Frank und ich die Fotos von dir holen.«

Thanks

schrieb Marianne, und nach kurzem Zögern

Was bist du doch für ein kleines Luder.

»Ich finde diese Art der Kommunikation nett«, sagte Frank, während er alle Notizen auf der Seite studierte.
Es fing an mit ›you are kidding, she isn't that smart‹.
»Laß uns gehen«, sagte ich.

Und Frank wäre nicht Frank, wenn er nicht fühlte, was ich in diesem Moment am allerliebsten tun würde. Er schlug vor, Torte, ganz viel Torte im Café von Fortnum & Mason's essen zu gehen.

»Aber das ist doch nicht gut für meinen jetzt schon zu dicken Hintern«, zögerte ich noch.

Mit einem tüchtigen Klaps auf mein Hinterteil machte Frank meinen Einspruch zunichte.

»Ich bin verrückt nach deinem Hintern«, sagte er, »und er kann mir gar nicht dick genug sein.«

Schon beim Hinausgehen, im Taxi und während des Kuchenessens erzählte ich alles. Wie nett Achmed und Bekir gewesen waren, wie galant Machmuth. Und ich hatte schon mitgehen müssen, als Marianne auf diesen Bekir geflogen war, denn selbst wäre ich nie, nie und nimmer auf dieses Fest gegangen. Und die Tür der Beziehung von Frank und mir erwies sich als immer noch geöffnet.

»Du brauchst dich nicht zu entschuldigen«, sagte Frank, »und du brauchst auch nicht alles zu erzählen.«

»Aber du warst so eifersüchtig«, sagte ich, »am Telefon.«

»Ich eifersüchtig?« fragte Frank. »Besorgt war ich, nichts anderes.«

In diesem Augenblick sahen wir einander an und brachen beide in Lachen aus.

»Was wollen wir jetzt weiter machen?« fragte ich.

»Wir holen die Fotos von Marianne und gehen dann ins Hotel und machen ein Mittagsschläfchen«, schlug Frank schalkhaft vor.

Wir nahmen ein Taxi zur Oxford Street. Im Flowerview Photoshop bezahlte Frank und steckte Mariannes Fotos in seine Innentasche.

»Copyright«, sagte ich, »als ob diese blöden Fotos von ihr noch was bringen könnten.«

Wir beschlossen, zu Fuß zum Hotel zu gehen und ließen uns von dem Menschenstrom auf dem Bürgersteig der Oxford Street mitziehen. Wie es passierte, weiß ich nicht, es ging so schnell. Jemand stieß gegen mich und riß mir die Tasche aus der Hand.

»Verdammt«, fluchte ich.

Ich war heute bedroht, fast ermordet worden, und nun wurde ich auch noch beraubt.

»Zur Polizei«, war meine erste Reaktion.
Frank zog seine Schultern hoch.
»Was war drin gewesen?« informierte er sich. »Dein Paß?«
Nein, mein Paß lag im Hotel-Safe, mein Ticket und mein Extra-Geld auch.
»Make-up und etwas Kleingeld«, sagte ich, »und dann die Tasche natürlich. Vor drei Jahren habe ich sie von dir zum Geburtstag bekommen.«
»Dann ist es Zeit für eine Neue«, fand Frank leichtfertig.
»Was für eine Scheißstadt«, sagte ich und trat verärgert gegen eine Parkuhr.
»Ach«, sagte Frank, »das hätte auch in der Kalverstraat passieren können.«
Wir kamen ins Hotel, und bevor wir nach oben fuhren, erzählte ich dem anscheinend ständig anwesenden Mr. Norton, daß er jetzt wieder zwei Personen für das Zimmer in Rechnung stellen könnte.
Es ist so verrückt, man hat das Gefühl, als wäre man fast hundert Jahre mit jemandem verheiratet, man weiß, daß er zuerst die Socken auszieht und danach seine Hose, daß er am obersten Knopf beginnt, wenn er sein Oberhemd auszieht, anstatt beim untersten, so wie ich es machen würde. Man kann bis in alle Einzelheiten erzählen, was und wie dein Geliebter die Dinge tut, aber in einem schicken Hotelzimmer um vier Uhr nachmittags sieht alles anders und neu aus.
»Wo hast du die Fotos?« fragte ich eine halbe Stunde später, mit – so vollkommen gegen die Regel – einem Whisky in Reichweite.
»Wir gehen gleich vornehm essen«, sagte Frank, »und du ziehst den verdammten BH und das Abendkleid an, denn so möchte ich dich auch einmal sehen.«
Ich öffnete den Umschlag und wurde nicht gerade fröhlicher dadurch. Ich gab die Fotos an Frank weiter, Marianne war ein Crack von Fotografin, immer schon gewesen. So wie sie Victoria mit ihrem schönen Mantel da tot auf der Treppe aufgenommen hatte. Es könnte als Vorlage für ein Cover eines schön gestalteten Kriminalromans dienen.
»Das kann sie in der Tat noch mal verkaufen«, sagte ich und dann, war es das fünfte oder sechste Foto der Serie, hielt ich Victorias Nachbarn von unten in der Hand.

Und ich wußte, daß mir meine Tasche auf der Oxford Street nicht umsonst weggerissen worden war. Mr. Slocumb muß lange an meinen Fersen geklebt haben, in der Hoffnung, mich in einen Fotoladen gehen zu sehen. Ich bin so ein Dummerchen, ich merke so etwas nicht. Ich hatte ihn am zweiten Abend bei Machmuth nicht erkannt. Ich hatte nur das Gefühl gehabt, allmählich nur noch bekannte Gesichter zu sehen. Und vielleicht wurde Victoria nicht nur deswegen ermordet, weil sie zuviel wußte. Ihr Nachbar von unten war auf dem Fest gewesen, also kannte er Machmuth. Höchstwahrscheinlich über Victoria. Die Fotos an der Wand ließen überdeutlich erkennen, daß sie und ihr Nachbar von unten dicke Freunde gewesen waren. Es gab ein Foto von Victoria auf einer Schaukel und eine Titelseite der Vogue mit ihr als Modell. Aber es gab auch verschiedene mit ihm zusammen. Hand in Hand auf einer Brücke. Er auf einer Bank sitzend, während sie mit ihrem Kopf in seinem Schoß dalag. Victoria hatte sich in Machmuth verliebt, und wollte mit ihrem früheren Liebhaber auch als Geschäftspartner brechen.
Ich nahm den Telefonhörer von der Gabel und bat, mich mit Mr. Peaceful von Scotland Yard zu verbinden. Das letzte Foto zeigte einen anderen Teil der Wand. Victoria und ihr Nachbar waren deutlich zu erkennen, wie sie auf einem Kamel saßen, in einer riesigen Sandkiste mit Dattelpalmen im Hintergrund.
»Mach die Kette vor die Tür, bis Peaceful da ist«, sagte ich zu Frank, »denn hiermit wird er hängen.«

EPILOG

Er würde nicht hängen, der Slocumb, und auch seinem Kumpanen Owens wird ein solch schreckliches Los erspart bleiben. In England hatten sie die Todesstrafe kürzlich abgeschafft. Laut amnesty international ist England ein ›sauberes‹ Land, bekommen Gefangene während des ganzen Jahres reichlich Tee, um sich glücklich zu fühlen, und zusätzlich Plumpudding zu Weihnachten. Ich hatte also keine Gewissensbisse, als sie zu zehn beziehungsweise sechs Jahren Gefängnis verurteilt wurden, wegen Anstiftung und Mitschuld an zweifachem Mord. Der Schauspieler Jones, der immer schon die schmutzige Arbeit verrichten mußte, bekam zwanzig Jahre.

Laut amnesty international werden englische Gefangene bei Verhören auch nicht geschlagen oder mißhandelt, also fragte ich mich, wie sie die Herren dazu gebracht hatten, die ganze Geschichte zu erzählen, mit Slocumb und dem Opfer auf dem Kamel als einziges Ausgangsmaterial. Ich würde nie dahinter kommen, denn auf Fragen von mir antwortete Peaceful stets mit einer Gegenfrage: »Wann fahren Sie endlich nach Hause zurück?«

Goldzahn war plötzlich verschwunden.

»Wie kommt das?« fragte ich Achmed.

Der lächelte samtweich auf eine Art, die einen an den Gesichtsausdruck einer Katze denken ließ, die gerade kräftig in einem Vogelhaus gespeist hatte.

»Seine Familie wollte gern, daß er nach Hause zurückkommt«, redete Achmed sich orientalisch heraus.

Ich hörte nie mehr etwas über Goldzahn, und als der Jahresbericht von amnesty international über die Menschenrechte in Saudi-Arabien herauskam, beschloß ich, ihn nicht zu lesen.

Hatte ich erwartet, daß Marianne, wenn sie erstmal zu Hause war, mit dem Unsinn, einen Araber zu heiraten, kurzen Prozeß machte? Auch hierin wurde ich betrogen. Außer farbenfrohen Geschichten über Nonnen und Internate hatte ich eigentlich wenig von Marianne gewußt. Sie tat immer noch ziemlich geheimnisvoll über ihre französische Vergangenheit. Also hatte ich ohne weiter nachzudenken angenommen, daß sie sich wohl aus den Gassen von Paris hochfotografiert hatte. Die Wahrheit war um hundertachtzig Grad anders. Marianne bekam noch eine altmodische französische Aussteuer. Ihr Vater war ein Großneffe von Giscard d'Estaing. Kein Wunder, daß sie so rechts ist, war Franks Kommentar, und recht hatte sie, ihm zu verschweigen, daß ihr bei diesem progressiven Frauenblatt arbeitet. Es hätte ihrer Karriere schaden können. Mariannes Vater war nicht gerade hocherfreut über die Idee, daß seine Tochter einen Politiker aus Saudi-Arabien heiraten wollte. Aber nachdem er Auskünfte eingezogen hatte und wußte, daß nach arabischem Recht eine Frau bei einer Scheidung ihr Geld und Gut behielt, und, was für ihn weniger bedeutsam war, aber sich doch als angenehm herausstellte, daß Bekir nicht schon eine erste oder eventuell eine erste und eine zweite Frau zu Hause sitzen hatte, da sagte er, besser hätte es nicht kommen können.

»Wieso das?« fragte ich Marianne, und sie, die nie Verwirrung zeigte, errötete bis hinter beide Ohren, als sie mir mit niedergeschlagenen Augen erzählte, daß ihr Vater Mehrheitsanteile an einer großen französischen Ölfirma besaß.

Mariannes Vater und Bekir hatten eine Sitzung hinter verschlossenen Türen. Mariannes Mutter und sie warteten, übertrieben gesagt, bis weißer Rauch aus dem Schornstein kommen würde. Inzwischen kaute Marianne an ihren Nägeln, und ihre Mutter überlegte, inwieweit sie dem Haus Dior beim Entwerfen des Brautkleides behilflich sein konnte. Als nach vier Stunden Konferieren die breiten Türen der Bibliothek in ihrem Landhaus sich öffneten, sagte Bekir Papa zu Mariannes Vater.

Es war tief in der Nacht, als das Telefon neben mir klingelte. Es war Paris. Und sie, die für mich immer ein Vorbild für Ruhe gewesen war, stotterte vor Nervösität. Papa und Bekir hatten sich für ein kleines Zeremoniell entschieden. Nur Familie und Bekannte. Aber allein die Familie von Bekir bestand aus fünfhundert Menschen, und es gab niemanden, der übergangen werden konnte, und Papa kenne halb Paris. Nun ja, das halbe Paris der High Society natürlich. Papa und Bekir hätten sich zu einer Hochzeit im ökumenischen Geiste entschlossen. Bekir hatte einen armen Großneffen, der Imam war und dazu gezwun-

gen werden würde. Papa hätte auch ein paar Leute unter Druck gesetzt und La Madeleine gemietet.
»Mädchen, komm zurück, du hattest es doch nett hier in Amsterdam«, sagte ich schläfrig.
Aber Zurückgehen war nicht mehr drin. Wenn das offizielle Getue vorbei war, würden sie und Bekir sich im Paradies aufhalten, sagte sie.
Und die alte Tonart zwischen ihr und mir war wieder da.
»Zwei Glauben auf einem Kissen, da schläft der Teufel zwischen«, sagte ich streng.
Aber die Weisheiten meiner Mutter interessierten sie überhaupt nicht. Deshalb rief sie nicht an, sie rief an, weil ich Brautjungfer sein durfte.
»Du kannst mich mal«, sagte ich, auf einmal hellwach.
»Bekir ist der beste Mann«, sagte Marianne.
»Was habe ich damit zu tun?« fragte ich. »Ich schicke dir schon ein Glückwunschtelegramm und per Post einen Rauchverzehrer.«
»Frank kommt natürlich auch mit«, versuchte Marianne mich schwach zu kriegen.
»Frank hat viel zu tun. Er entwirft eine Synagoge in Dordrecht«, antwortete ich.
»Was redest du da, und mit wem sprichst du?« fragte Frank schläfrig.
»Du bekommst ein Kleid von Dior«, sagte Marianne.
»Lieber nicht«, sagte ich.
»Meine Güte«, sagte Marianne, »warum seid ihr so eigenwillig. Fatima ist meine andere Brautjungfer, und die wollte auch schon kein Dior-Kleid. Du wohnst mit Frank natürlich im George Cinq. Papa sorgt für alles.«
»Hör mal«, sagte ich zu Marianne, »es ist vier Uhr nachts und ich bin müde. Ich miete mir dann in den nächsten Ferien einen Jeep, um dir da in der Wüste einen kleinen Besuch abzustatten.«
»Ach, komm«, sagte Marianne, »bitte. Es würde eine Unterstützung für mich sein.«
Als Frank mich also am nächsten Morgen fragte, was das nun alles gewesen war, mit dem Telefon in der Nacht, erzählte ich ihm, daß wir nach Paris fahren würden und daß ich mit einem rosafarbenem Dior-Kleid Brautjungfer in La Madeleine von Paris sein würde.

»Oh, das ist mal wieder etwas anderes«, fand Frank.

Das einzige, was ich über die Hochzeit in La Madeleine sagen will, ist, daß all die arabischen Neffen und Onkel sich ihre Augen aus dem Kopf guckten wegen des barbarischen Zeremoniells der Katholischen Kirche. Ich übrigens auch, denn ich bin nun einmal keine Kirchengängerin.

Fatima sah bildschön aus. Sie schien den Laden auf dem Albert Cuyp Markt in Amsterdem gefunden zu haben, wo sie Haremshosen und orientalische Kleider verkaufen. Mein Dior verblaßte völlig dagegen, während Fatima, aufs Geratewohl geschätzt, nicht mehr als hundert Gulden für ihr Brautjungfergewand geblecht hatte, jedenfalls wenn man das Benzin für das Flugzeug nach Amsterdam nicht mitrechnete.

Nach der Trauung gab es einen Empfang. Wer war nicht alles dort? Aber als es zu eng wurde, schleuste man Frank und mich Richtung Flughafen Charles de Gaulle. Und zusammen mit dem Brautpaar und den Trauzeugen flogen wir nach London. Dort hatten sie ihre erste Nacht verbracht, und dort sollte auch ihre Hochzeit sein.

Und auf diesem kleinen Fest waren sie wieder alle zusammen. Nein, nicht ganz. Norton huschte kurz herein und Peaceful kam vorbei. Abdullah servierte Cocktails mit Gardenien, Achmed sagte ›Darling‹ zu mir, und my sister Fatima fragte, ob ich den nächsten Tag mir ihr nach Madrid kommen würde, denn sie hatte gehört, daß man dort Kopfschmuck kaufen konnte, den man Mantillas nannte.

Ich nahm ein Schlückchen von meinem Cocktail und blinzelte Frank zu.

»Morgen kann ich nicht«, sagte ich zu Fatima, »denn morgen muß ich mal zu Hause die Fenster putzen. Das machen europäische Hausfrauen so, weißt du.«

Roger Borniche

Roger Borniche, geboren 1919, trat 1944 in den Polizeidienst ein. In seinen zwanzig Dienstjahren hat der erfolgreichste Kriminalinspektor Frankreichs den Rekord von 567 Festnahmen gesuchter Gangster zu verbuchen. In seinen spannenden Romanen fesselt der schreibgewandte Autor mit Fällen aus der eigenen Praxis.

»Realität von der ersten bis zur letzten Seite. Das Aufregendste, was ich seit langem gelesen habe.«
Jürgen Roland

Duell in sechs Runden
Kriminalroman. Band 1883

Schach und Matt
Kriminalroman. Band 1985

Pierrot le Fou ist nicht zu fassen
Kriminalroman. Band 2601

Tatort Côte d'Azur
Kriminalroman. Band 2619

Der Spitzel
Kriminalroman. Band 8061